山海經

Classic of
ntains and Seas

糸雨——繪　孫見坤——注

地之所載

六合之間

四海之內

照之以日月

經之以星辰

紀之以四時

要之以太歲

神靈所生

其物異形

或夭或壽

唯聖人能通其道

〔目錄〕

山經

荒

經

山

經

南山經

鹿蜀

有獸焉，其狀如馬而白首，
其文如虎而赤尾，其音如謠，
其名曰鹿蜀，佩之宜子孫。

　　大概在現在廣東連州附近，上古時有一座杻陽山，山中有一種神獸，叫作鹿蜀。它樣子很像馬，長著白如雪的腦袋，火焰般紅色的尾巴，身上還有老虎一般的花紋，叫聲悅耳就像是人在唱歌。將它的皮毛佩戴在身上，就可以多子多孫。對於重視家族綿延的中國人而言，這確實是一種難得的神獸。傳說明代崇禎年間，有人在臨近閩南地區見過它。自此以後，鹿蜀的蹤影再也沒有出現過。

旋龜

怪水出焉，而東流注於憲翼之水。
其中多玄龜，其狀如龜而鳥首虺尾，
其名曰旋龜，其音如判木，
佩之不聾，可以為底。

　　自杻陽山發源出一條名叫怪水的河，向東流匯入憲翼水。傳說在這條河中曾有一種奇怪的龜，樣子像是普通的黑鳥龜，卻長著鳥的頭，毒蛇的尾巴，叫起來像是劈木頭發出的聲音。傳說人們若是佩帶它可以不患耳聾，而且它對治療足繭也有奇效。它名叫旋龜，也叫去龜。

　　舜帝晚年洪水成災，鯀受命治水卻始終想不出該如何攔截這滔天巨浪。一日他漫步河邊，看到了旋龜首尾相連的樣子，受此啟發，築起大堤阻攔洪水。後世人皆知築堤攔水並不能制住洪水，失敗的他被舜帝處死。後來，當鯀的兒子大禹繼承父業繼續治水時，旋龜不請自來，和黃龍一同協助大禹。數千年之後的文士們記載了這口耳相傳的奇景：「黃龍曳尾於前，玄龜負青泥於後。」

鯥

有魚焉，其狀如牛，陵居，蛇尾有翼，
其羽在下，其音如留牛，其名曰鯥，
冬死而夏生，食之無腫疾。

　　杻陽山往東三百里，有一座山名為柢山。在這裡有
一種集鳥、獸、魚、蛇四種動物特徵於一體的怪魚，名
叫鯥（音陸）。它的體形像牛，叫聲也像牛，長著蛇一
般的尾巴和鳥一樣的翅膀，其中翅膀長在兩肋之下。後
世有還說它有著牛蹄一樣的四足。傳說魚冬天蟄伏，夏
天甦醒；人吃了它可以治療身上的腫痛。

猼訑 基山

有獸焉，其狀如羊，九尾四耳，
其目在背，其名曰猼訑，佩之不畏。

　　柢山出來再往東三百里就到了基山，這座山裡面有
一種叫猼訑（音伯儀）的怪獸，外形很像羊，卻長著九
條尾巴、四隻耳朵，眼睛長在脊背上。雖然它的外形如
溫順的羊，但人只要把它的皮毛佩戴在身上，就可以無
所畏懼，馳騁天地之間。在這兩個極端的反差之下，更
突顯猼訑之神且怪。

｜ 鵂 鶹

有鳥焉，其狀如雞而三首六目、
六足三翼，
其名曰　，食之無臥。

　　和猙貐在同一座山上，還有一種名叫鵂鶹（音敵
夫）的怪鳥。這種怪鳥樣子像雞，但卻長著三個腦袋、
三雙眼睛、三對腳和三隻翅膀，甚是奇異，都與「三」
有關。有人說，這怪鳥的身上蘊含了上古先民某些特殊
的宗教寓意。據說，這種鳥性子急躁，人吃了它會興奮
得睡眠就會減少，甚至根本無需睡眠。

九尾狐

有獸焉，其狀如狐而九尾，其音如嬰兒，
能食人，食者不蠱。

　　從基山再往東三百里就到了青丘山，在這座山的深處住著傳說中的九尾狐。這九尾狐樣子像狐狸，長著九條尾巴，叫聲像嬰兒的啼哭，這種獸會吃人，但如果人吃了它可以摒除各種妖邪之氣，如同後世佩戴了神符秘籙的道士一般。據當地歌謠稱，有幸看到九尾白狐的人便可為王。傳說大禹三十歲時路過塗山，曾看到一隻九尾白狐，後來他果然做了天子。九尾狐的形象，在西周銅器上便曾出現，後來又和蟾蜍、三足烏等一起出現在西王母的身邊，從怪獸到祥瑞，也許它最後真的修煉成仙，留在虛無縹緲的崑崙仙山。

赤鱬

英水出焉，南流注於即翼之澤。
其中多赤，其狀如魚而人面，
其音如鴛鴦，食之不疥。

　　在青丘山之中，有一條叫英水的河從此發源，向
南注入了即翼澤。靜謐的英水中有一種神奇的魚，名
為赤鱬（音如），形狀如魚，不過這魚卻長著一張美
人臉。赤鱬的叫聲如同鴛鴦，如果人吃了它，就可以
不生疥瘡。

鴸

有鳥焉，其狀如鴟而人手，其音如痺，
其名曰鴸，其名自號也，見則其縣多放士。

　　大概在今天湖南常德西南的某個地方，有一座櫃山。這山上有一種名叫鴸（音朱）的鳥，它長得像鷂鷹，但爪子卻是人手的樣子，整天「朱、朱、朱」地叫著，像是在呼喚自己的名字。傳說這種鳥是堯帝的兒子丹朱變成的，丹朱為人頑凶傲虐，因而堯帝將天子之位讓給舜，而將他放逐到南方做了一名小諸侯。心有不甘的丹朱，聯合三苗的首領起兵反叛，結果叛亂被鎮壓，走投無路的丹朱投海而死，死後魂魄仍有不甘，化為鳥。只要這種怪鳥一出現，它所在的郡縣賢德之士便會被疏遠，甚至於被放逐，君子去朝，自然小人得勢。

猾褢

有獸焉，其狀如人而彘，穴居而冬蟄，
其名曰猾褢，其音如斫木，見則縣有大繇。

　　從櫃山出來向東南走四百五十里就是長右山，再
往東行三百四十里，就到了堯光山。這座山裡的怪獸
名叫猾褢（音滑懷），它身形似人，但全身上下長滿
了豬鬃。這怪物平日待在洞穴裡，冬天還要冬眠，叫
起來的聲音像是砍木頭，如果世間太平，天下有道，
它便銷聲匿跡。一旦它出現，那就意味著這個地方將
要有大事發生，這裡的人將要被派去服徭役。

蠱雕

水有獸焉，名曰蠱雕，其狀如雕而有角，
其音如嬰兒之音，是食人。

　　堯光山往東將近六千里的地方，有一座鹿吳山，
山上寸草不生，然而金玉礦石豐富。澤更水從這座山
發源，然後向南流注入滂水。水中有一種似鳥又非鳥
的吃人怪獸，名叫蠱雕，它的樣子像雕，但卻長著角。
可也有人說，它其實長得是豹子的身體，頭上頂著一
隻角，只不過長了鳥的嘴。它像九尾狐一樣，都是吃
人的怪獸，而叫聲卻都似嬰兒啼哭，惹人憐愛。或許
它們就是以此來引誘人類自投羅網，成為它們的美食。

鳳　皇

有鳥焉，其狀如雞，五采而文，名曰鳳皇，
首文曰德，翼文曰義，背文曰禮，
膺文曰仁，腹文曰信。是鳥也，
飲食自然，自歌自舞，見則天下安寧。

　　鳳皇，也作鳳凰，羽族三百六十，鳳凰為其長。
它的樣子像錦雞，羽毛五彩斑斕：青首，為五行中的
木；白頸，為金；後背赤紅，為火；胸口墨黑，為水；
兩足黃色，為土。並且，這些羽毛上還都有花紋。頭
頂上的花紋是一「德」字，羽翼上的是「義」字，背
上是「禮」字，胸部是「仁」字，腹部是個「信」字。
集美德於一身，這樣的祥瑞一出現，必然天下太平。

有鳥焉，其狀如梟，人面四目而有耳，
其名曰顒，其鳴自號也，見則天下大旱。

　　丹穴山東行兩千七百里，就到了令丘山。山上寸草不生卻多山火。這裡有一種叫顒（音餘）的凶鳥，它的身形與傳說中會吃掉自己母親的梟頗有幾分相像，卻有一張長著四個眼睛的人臉，還有人的耳朵，叫起來的聲音「余、余、余」，像是呼喊自己的名字。只要它一出現，天下必然大旱。傳說明朝萬曆二十年，這種鳥出現在豫章的城寧寺，身高有二尺多，果然這年從五月一直到七月都酷暑難當，整個夏天滴雨未降，莊稼顆粒無收。

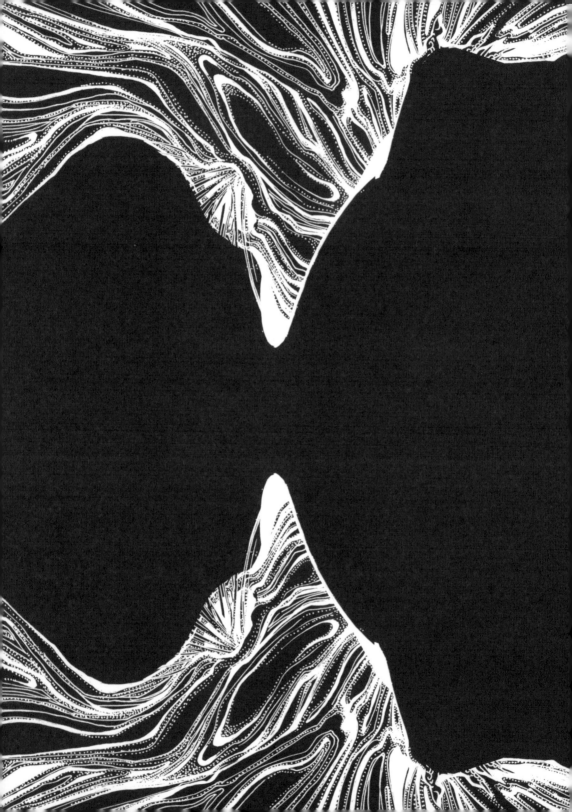

龍身人面神

《南山經》裡一共載有三大山系，第三山系從天
虞山一直綿延到南禺山，共歷經十四座山，全程長達
六千五百三十里。這裡的山神和其他兩大山系中鳥身
龍頭和龍身鳥頭的山神不同，它們都是人的臉、龍的
身子。祭祀它們的時候，要用一隻白狗作供品，祭祀
用的米必須是精選的稻米粳米。

西山經

肥蟥

有蛇焉，名曰肥蟥，
六足四翼，見則天下大旱。

　　今天的西嶽華山，上古之時名叫太華山，這裡有
一種怪蛇，名叫肥蟥（音疑）。蛇是沒有腳的，它卻
長著六隻腳，還有四隻豐滿的羽翼。只要這種蛇一出
現，勢必天下大旱。據說商湯之時，這種怪蛇曾在陽
山出現，結果連著大旱七年。前面說到的《南山經》
裡的顒，一出現便大旱三月，跟肥蟥比起來，真是小
巫見大巫。

蔥聾

其獸多蔥聾，其狀如羊而赤鬣。

　　大概在今天陝西省華陰市西南，上古時有一座符禺山。這座山物產豐富，山南側有銅礦，山北側有鐵礦。山上長著文莖樹，吃了它的果子可以治耳聾；還有一種條草，紅花黃果，吃了它可使人保持清醒。在這樣一座神奇的山裡，有一種野獸叫蔥聾，它身形似羊，卻長著紅色的鬣毛，豔麗奇異，似乎是被這山間的條草染紅的。

符禺山 | 鴖

其鳥多鴖，其狀如翠而赤喙，可以禦火。

在這符禺山裡還有一種名叫鴖（音民）的神鳥，它長得像翠鳥，但嘴巴通紅。據說家裡只要養了這種鳥，就可以避開火災，永絕火患。這對於房屋以磚木結構為主的中國古人來說，確實是一種非常有用處的神鳥。

囂

有獸焉，其狀如禺而長臂，
善投，其名曰囂。

在今天陝西麟遊縣附近，有一座羭次山，漆水從
這裡發源。山北有赤銅礦，山南則出產細膩的優質玉
石嬰恒玉。這裡住著一種野獸，名字叫囂。樣子長得
像猿猴，胳膊很長，善於投擲。

谿邊

有獸焉，其狀如狗，名曰谿邊，
席其皮者不蠱。

　　傳說上古時期有一座名字十分霸氣的山，名叫天
帝山。天帝雖然不在這裡，但此山也是草木茂盛，還
長著一種馬吃了可以跑得快、人吃了可以治腫瘤的神
草——杜衡。奇獸谿邊就住在這裡，它的樣子很像狗，
會爬樹，全身黑色。據說用它的皮毛做成褥子，睡在
上面的人可以不被蠱毒邪氣所侵。但這谿邊實在難尋，
連秦德公這堂堂一國之君都找不到它，只好在城門外
殺了幾隻與它長得像的大狗，以此來抵禦邪蠱。後來
這個偷天換日的辦法居然成功了，於是殺狗取血辟除
不祥便成了一種民間除鬼的風俗流傳下來。

獳 如

有獸焉，其狀如鹿而白尾，
馬足人手而四角，名曰獳如。

　　天帝山往西南走三百八十里就到了皋塗山，薔水
和塗水都從這裡發源，山上多桂樹，出產白銀、黃金，
還有可以用來入藥和滅鼠的毒砂與礜茇。在這裡有一
種叫獳（音英）如的怪獸，它的外形像鹿，長著白色
的尾巴，可它前面的兩隻腳是人的手，後面兩隻腳則
是馬的蹄，頭上的角也比一般的鹿多出一對，一共長
了四個角。

犛

又西百八十里，曰黃山，無草木，
多竹箭。盼水出焉，西流注於赤水，
其中多玉。有獸焉，其狀如牛，
而蒼黑大目，其名曰犛。

　　皋塗山往西一百八十里就到了黃山，
它與今天的黃山並無關聯。這山沒草沒
樹但多竹，每日竹影婆娑。盼水從這裡發
源，向西流注入赤水，水中往往有美玉出
現，泠然作響。這山裡有一種長得像牛的
野獸，它全身蒼黑，身形比牛小一些，
一雙大眼睛渾圓明亮，它的名字叫犛（音
敏）。

鸞　鳥

有鳥焉，其狀如翟而五采文，
名曰鸞鳥，見則天下安寧。

　　大概在今天陝西隴縣以東，上古時有一座女床山，
在山中密林深處住著和鳳皇類似的神鳥——鸞鳥。它
長得像山雞，長著五彩的羽毛，聲音如銅鈴般清脆，
而且叫聲能夠契合五音。它被看作是神靈之精，和鳳
皇一樣都是難得的祥瑞神獸，只要一出現便預示著天
下安寧祥和。當初周公平定三監之亂，東征得勝還朝，
制禮作樂完成，將要把國家大政歸還給成王之時，便
有鸞鳥從西方飛來鎬京，「刑措四十餘年而不用」的
太平盛世「成康之治」自此開始。

文鰩魚

是多文鰩魚，狀如鯉魚，魚身而鳥翼，

蒼文而白首赤喙，常行西海，游於東海，以夜飛。

其音如鸞雞，其味酸甘，食之已狂，

見則天下大穰。

  在今天甘肅某地，傳說有一座泰器山，觀水從這裡發源，水中有一種半魚半鳥的飛魚名叫文鰩。它的樣子像鯉魚，但長著一對鳥的翅膀，白頭，紅嘴，身上還有蒼色的斑紋，身長一尺有餘，叫聲像鸞雞。白天待在西海，到了晚上就成群地飛往東海，然後再飛回來，就這樣不知疲倦地往返於西海和東海之間。據漢代東方朔所言，有一些文鰩魚留在東海南端的溫湖裡，由於不再飛來飛去，都長到了八尺。雖然文鰩魚經常往來，但想見它一次並不容易，一旦它主動示人，就預示著當年肯定大豐收。據說文鰩魚的肉酸中帶甜，《呂氏春秋》中曾有盛讚其美味，它不但好吃，而且能治療人的瘋癲病。

英　招

寶惟帝之平圃，神英招司之，其狀馬身而人面，
虎文而鳥翼，徇于四海，其音如榴。

　　泰器山向西三百二十里，就到了槐江山。據說這
裡是天帝在人間的一座花園，由一個名叫英招（音ㄕ）
的神仙在此管理。英招長著馬的身子，人的面孔，身
上有著老虎一樣的花紋，還長有一對鳥的翅膀。雖說
他是這塊園圃的管理者，但他不會一直待在這裡，常
常展翅高飛，巡遊四海，估計是在傳達天帝最新的指
示。他的聲音實在不好聽，像是轆轤抽水一般。

土　螻

崑崙山

有獸焉，其狀如羊而四角，
名曰土螻，是食人。

　　再向西南走四百里，就到了天帝在人間的別都崑崙
山了。天帝的都邑也有怪獸，其中有一怪獸名叫土螻。
雖然名字裡面有個「螻」字，但它可不是螻蟻一類的動
物。這土螻外形如羊，但比羊多長了一對角，並且比羊
要兇殘得多，不但吃人，而且被它撞過的動物，都會當
場死亡，無一倖免。

欽原

有鳥焉，其狀如蜂，大如鴛鴦，
名曰欽原，蠚鳥獸則死，蠚木則枯。

　　和土螻一起生活在崑崙山的，還有一種名叫欽原
的毒鳥。它樣子如同蜜蜂，但個頭卻有鴛鴦那麼大。
但凡被欽原蜇過的，鳥獸當下即死，草木瞬間枯萎。

西王母

又西三百五十里，曰玉山，是西王母所居也。
西王母其狀如人、豹尾虎齒而善嘯，蓬髮戴勝，
是司天之厲及五殘。

　　從崑崙山向西一千三百二十里，就到了西王母居住
的玉山了。不過，這裡的西王母並不是一位美婦人。此
處的西王母，雖然是人的樣子，但卻長著豹子的尾巴，
老虎的利齒，還擅長像野獸般鳴嘯，頭髮也亂如飛蓬，
佩戴著玉勝。她負責管理人間的災疫和刑殺，「厲」與
「五殘」可能是天上對應於此的兩顆凶星。這裡的西王
母不但醜陋、帶著獸形，而且主管疫癘刑殺，也算得上
是不祥。如果後來的周穆王見到的西王母是這個樣子，
估計他們不會賦詩交歡，也不會留下多少韻事吧。

狡

有獸焉，其狀如犬而豹文，其角如牛，其名曰狡，
其音如吠犬，見則其國大穰。

　　玉山上陪伴在西王母左右的，有一種吉獸，名字
叫狡。它樣子像一條大狗，卻有一身的豹紋，還長著
一對牛角，也有人說是羊角，叫起來聲音洪亮威武，
像是狗叫。只要狡一出現，整個國家都會大豐收。對
於中國這樣一個古老的農業國來說，這無疑是最大的
祥獸。

白帝少昊

其神白帝少昊居之。其獸皆文尾，
其鳥皆文首。是多文玉石。

　　玉山向西九百八十里，就到了長留山。傳說西方
之神白帝少昊居住在此。這座山裡的野獸都生有花紋
的尾巴，山裡的飛鳥頭部都長著花紋。長留山盛產帶
花紋的玉石。

帝 江

有神焉，其狀如黃囊，赤如丹火，六足四翼，
渾敦無面目，是識歌舞，實惟帝江也。

　　長留山西行一千五百四十里，便是天山，當然不是
今天新疆的天山，帝江就住在這裡。帝江即渾敦，也作
混沌。他雖然也是神，但沒頭沒臉，樣子活像一個黃皮
口袋，可顏色火紅。在這口袋一樣的身子上，長著六隻
腳和四隻翅膀。雖然帝江長相不美，但他能歌善舞，有
可能還做過歌舞之神。莊子曾講過一個寓言：南帝叫儵，
北帝叫忽，中央帝叫混沌。儵和忽經常在混沌的地界相
會，混沌把他們招待得很好，他們想回報，見混沌沒有
七竅便決定為他鑿出來。結果一日鑿一竅，七日鑿完，
混沌便死了。

讙

有獸焉，其狀如狸，一目而三尾，名曰讙，其音如
奪[1]百聲，是可以禦凶，服之已癉。

　　離開天山，西行三百九十里，就到了翼望山。這
也是座無草木、多金玉的山。山中有一種奇獸，名叫
讙（音歡），樣子像野貓，只有一隻眼睛，卻有三條
尾巴。據說它能模仿一百種動物的叫聲，也有人傳言
它不過是每日「奪百、奪百」地叫著，到底如何已經
說不清了。不過這確實是一種奇獸，不但可以禦凶辟
邪，吃了它還能治癒黃疸病。

---

1. 此處據明成化吳寬鈔本改。

羊身人面山神

凡西次三經之首，崇吾之山至於翼望之山，
凡二十三山，六千七百四十四里。其神狀皆羊身人面。
其祠之禮，用一吉玉瘞，糈用稷米。

  《西山經》裡一共有四大山系，第三山系從崇
吾山一直延綿到翼望山，共歷經二十三座山，全程
六千七百四十四里。這裡的山神都是人臉羊身。祭祀它們
的時候，要將一塊有花紋的吉玉埋在地下，用的米必須是
粳米。上古之時，若祭祀天神要將祭品燒掉，由陣陣煙霧
將祭品送達天庭，而若是祭祀地神和山神，則將祭品埋入
地下，這就意味著神靈們能收到祭品了。同理，祭祀水神
則是把祭品扔進水裡。

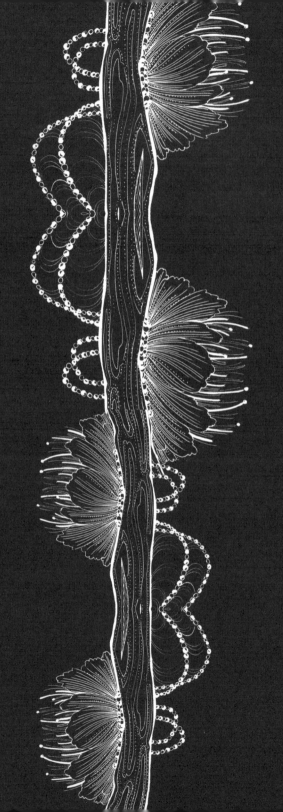

神魈 剛山

其多神魈，其狀人面獸身
一足一手，其音如欽

　　大概在今天甘肅天水西南，上古時有一座剛山，剛山上有一種精怪，名叫神魈（音赤）。有人錯把它當作剛山的山神，其實不然，它只是一種精怪，如果說它是神獸也不為錯。神魈長著人的臉，但頭下卻是野獸的身體。它只有一隻手一隻腳，發出的聲音像是人的呻吟與歎息，或許是在為自己這殘缺的身軀而慨歎。有人說，有它們在的地方就不會下雨，或許這是老天對它們的一點點補償吧。

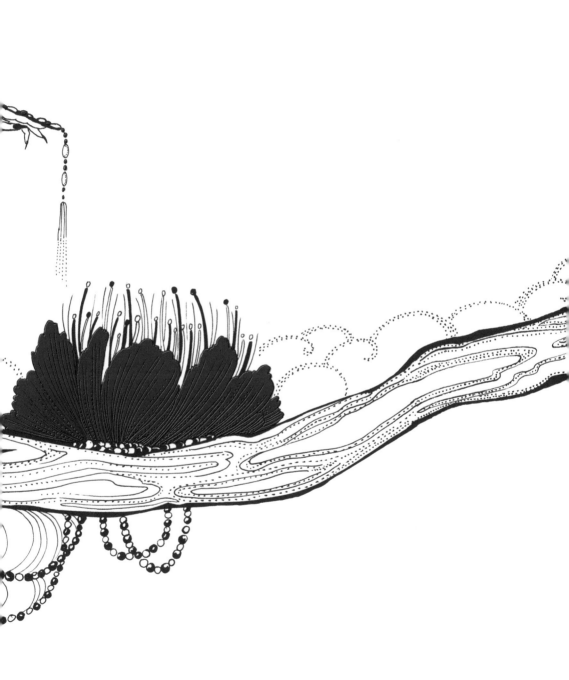

有獸焉，其狀如馬而白身黑尾，一角，
虎牙爪，音如鼓音，其名曰駁，
是食虎豹，可以禦兵。

　　剮山西去八百五十里是中曲山。有一種吉獸，名
叫駁（音駁），形似駿馬，身子雪白，尾巴墨黑，頭
上有一隻角，牙齒和爪子都和老虎一樣，叫起來聲音
就像打鼓。駁作為吉獸，可以為主人抵禦刀兵之災，
雖然它樣子像馬卻以虎豹為食，如果在深山密林裡騎
著，虎豹都不敢近身。相傳齊桓公一次出去打獵，迎
面來了一隻老虎，結果老虎非但沒有撲上來，反而趴
臥在地。齊桓公十分奇怪，便問管仲，管仲告訴他這
是因為他騎的不是普通的馬而是駁，老虎自然不敢上
前。直到宋代，還有它出現的記載。

絮魮之魚

濫水出於其西，西流注于漢水，多絮魮之魚，
其狀如覆銚，鳥首而魚翼魚尾，音如磬石之聲，
是生珠玉。

　　中曲山西行四百八十里就是鳥鼠同穴山，濫水發
源於其西，水中有一種怪魚名叫絮魮（音如皮）。它
不但半魚半鳥，而且還有著珍珠蚌的功能。它的樣子
像一個倒過來的沙銚，有魚鰭和魚尾，卻有一個鳥兒
般靈巧的腦袋，叫起來的聲音像敲擊磬石，低沉而又
神秘動人。更為神奇的是，它的體內居然能夠孕育珍
珠，但它並不將這些珍珠積攢起來，而是順其自然地
從體內排了出去。

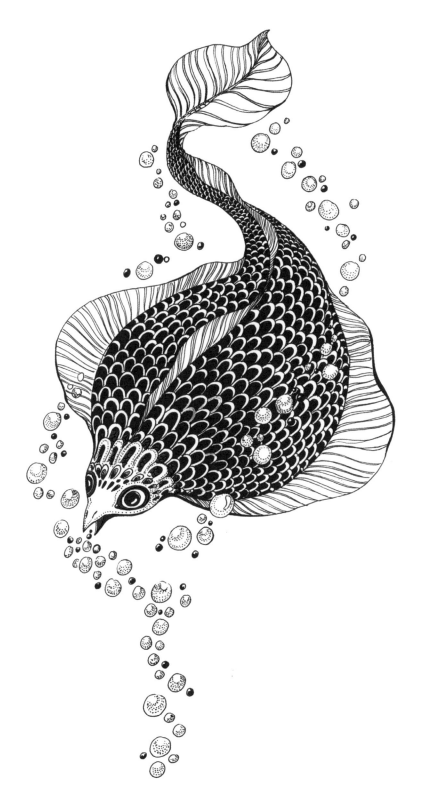

北山經

何羅魚

譙水出焉，西流注於河。其中多何羅之魚，
一首而十身，其音如吠犬，食之已癰。

　　大概在今天內蒙古卓資山境內，上古時有一座譙
明山，譙水從這裡發源，向西注入黃河。這水中有一
種怪魚，名叫何羅魚。一個腦袋下面居然有十個身子，
而且還會叫，叫聲如狗吠。人如果吃了它，可以治療
癰腫病；如果捨不得吃，把它養起來，還可以防禦火
災。《逍遙遊》裡的北冥之魚鯤可以化為大鵬鳥，這
何羅魚也能變身為鳥，名叫休舊。它最愛偷別人臼裡
舂好的米，不過這休舊鳥特別害怕打雷，一聽到雷聲
便四處躲藏。

孟　槐

有獸焉，其狀如貆而赤豪，其音如榴榴，
名曰孟槐，可以禦凶。

　　同是在譙明山，水中有神奇的何羅魚，山上還有
一種奇獸名叫孟槐，也可以寫作猛槐。長得像豪豬，
卻長著赤紅色的軟毛。雖然它長得如此高大威猛，但
叫聲如同用轆轤抽水的響聲，又像偎依在身邊的貓在
叫。然而可別小看它，這孟槐可以禦邪辟凶，十分靈
驗。後來人們沒見到真正的孟槐，便按它的樣子畫好
懸掛在家裡，據說也可以抵擋邪祟。

鰼鰼魚 涿光山

囂水出焉，而西流注於河。其中多鰼鰼之魚，
其狀如鵲而十翼，鱗皆在羽端，其音如鵲，
可以禦火，食之不癉。

　　譙明山往北三百五十里就到了涿光山，囂水在此
發源，鰼（音習）鰼魚便徜徉於這波光之中。這種魚
的頭尾還都是魚的樣子，但卻生著鵲鳥身體，而且還
長了五對翅膀，翅膀的一端長有鱗片。它發出的聲音
和喜鵲的叫聲差不多。或許它是因為身上積攢了許多
「水氣」，此「水氣」乃是五行中的水之氣，水克火，
故可以防禦火患。人吃了它可以治黃疸病。

耳鼠

有獸焉，其狀如鼠，而菟首麋身，其音如獆犬，以其尾飛，名曰耳鼠，食之不睬，又可以禦百毒。

涿光山往北三百八十里，是一座南北走向連亘長達四百里的大山，名叫虢山。從虢山的最北端出來，再走二百里，就是丹熏山。這裡的奇獸名叫耳鼠，樣子像老鼠，但卻長著兔子的腦袋和麋鹿的身子，叫起來又像狗叫，依靠尾巴就能夠在天空飛翔。吃了它，不但可以治療腹部的腫脹，而且還能抵禦百毒的侵襲，又能讓人不做噩夢。從現代醫學的角度來看，它還真是一種集治病、防疫、心理康復三種功效於一身的難得奇獸。

幽頞

有獸焉，其狀如禺而文身，
善笑，見人則臥，名曰幽頞，其鳴自呼。

　　在丹熏山北邊三百九十里的地方，有一座邊春山，山裡有許多野生的蔬菜水果，像野蔥、山桃之類。這裡住著一種很好玩的怪獸，名叫幽頞（音燕）。它長得像獼猴，全身上下卻佈滿了花紋，整天叫喊著自己的名字，而且特別喜歡笑，還喜歡跟人耍小聰明，一見到人不是臥倒，就是裝睡，可是好像從來沒有人上過它的當。

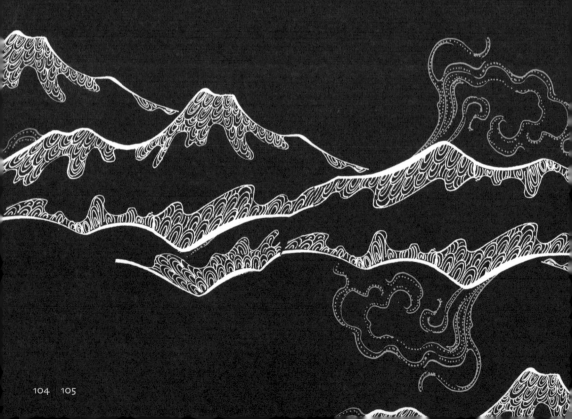

諸　犍

諸犍者，其狀如豹而長尾，人首而牛耳，一目，善吒其名自叫，行則銜其尾，居則蟠其尾。

　　單張山是一座距離邊春山三百八十里的奇山，山上有一種怪獸名叫諸犍。它長著人的腦袋，生有一雙牛的耳朵，眼睛只有一隻，身軀是豹子的身體，身後還有一條特別長的尾巴。這尾巴長到什麼程度？據說比它的身子還要長，以至於諸犍平日走路的時候，必須把這條長尾巴叼在嘴裡，不走動的時候，就要盤在身邊。

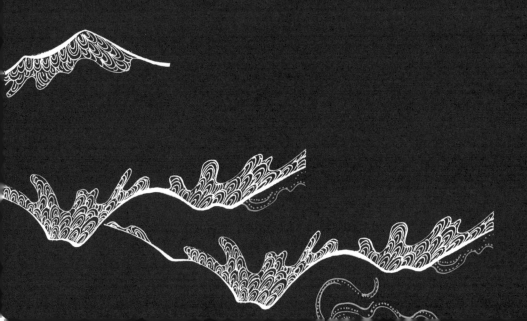

長 蛇 大咸山

有蛇名曰長蛇，其毛如彘豪，其音如鼓柝。

　　大咸山寸草不生，但山下出產玉石。這座山形狀四四方方。就在這座神秘的荒山裡有一種名叫長蛇的怪蛇，它的確很長，至少有八百尺，而且身上還長有像豬鬃一樣的毛。這種蛇叫起來，不像一般蛇發出的是「嘶嘶」之聲，更像是過去更夫在夜色朦朧中敲擊木梆發出的聲音。據說在豫章有一種它的同類，身長有一千多丈，遠比長蛇要長得多。

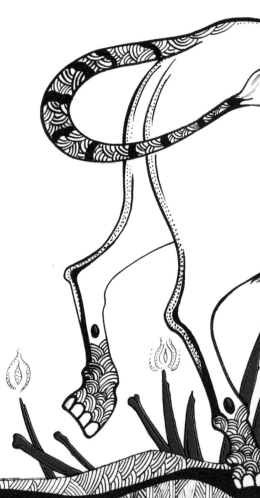

窫窳

少咸山

有獸焉，其狀如牛，
而赤身、人面、馬足，
名曰窫窳，其音如嬰兒，
是食人。

大咸山往北，隔一座敦薨山就
是少咸山，這山裡也有一種吃
人的怪物，那就是住在這裡的
窫窳（音亞雨），它長著人的
臉，牛的身子，馬的蹄子，全
身赤紅，叫起來像嬰兒啼哭。
傳說它原本是一個天神，人面
蛇身，但後來卻被另一個叫貳
負的神殺死了。不過它死有不
甘，最後變成了一個吃人的野
獸。

鮨　魚

諸懷之水出焉，而西流注于囂水，其中多鮨魚，
魚身而犬首，其音如嬰兒，食之已狂。

　　在今天內蒙古四王子旗邊上，傳說上古時有一座
北嶽山。諸懷之水從這裡發源，向西流注於囂水，水
中出產一種怪魚，名叫鮨（音義）魚。它長著魚的身
子和尾巴，卻長了一顆狗腦袋，叫起來的聲音也像是
嬰兒的啼哭，吃了它的肉可以治驚風癲狂之病。

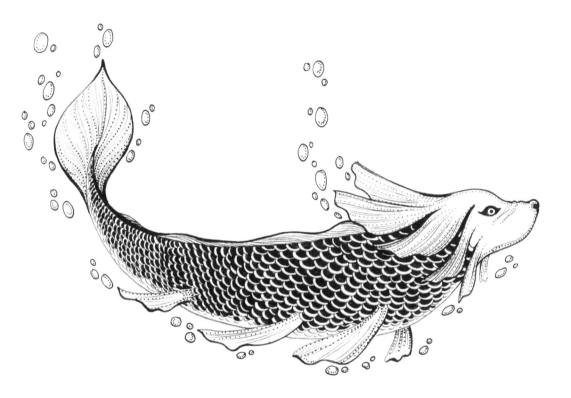

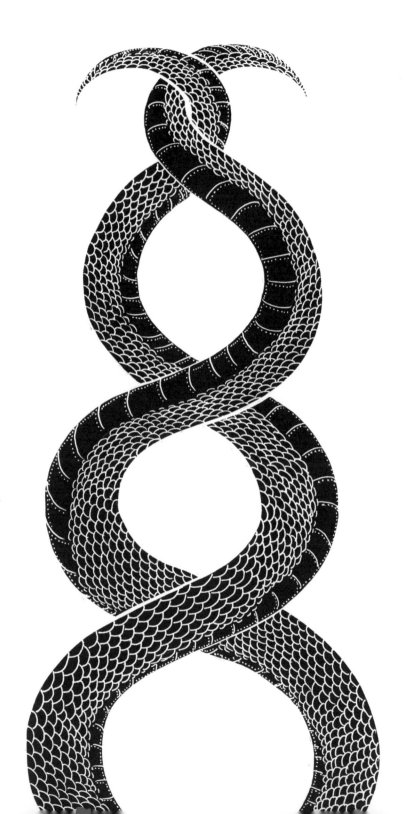

肥　遺

有蛇一首兩身，名曰肥遺，見則其國大旱。

　　從北嶽山出來，沿山路往北走一百八十里，就到了渾夕山。這山上有一種怪蛇，名叫肥蟥，它與《西山經》中記載的太華山怪獸肥蟥的名字很相似。但樣子完全不同，這裡的肥遺，長相像蛇，但腦袋下面卻有兩個身子。只要它一出現，天下就會大旱，從這點上來說，倒是和太華之山裡的那個肥蟥一樣，或許這兩個怪物本來便是一家，也未可知。

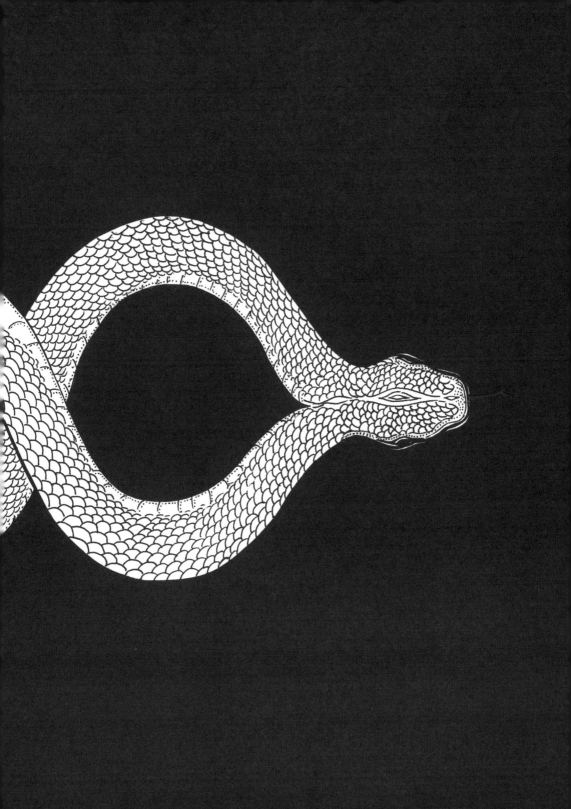

狍鴞

有獸焉，其狀如羊身人面，其目在腋下，
虎齒人爪，其音如嬰兒，名曰狍鴞，是食人。

大概在今天山西朔州的南部，上古時有一座鈎吾
山。山上有一種怪獸，長有人的面孔，羊的身體，可
眼睛卻長在腋下，牙齒像老虎，爪子像人手，叫起來
像嬰兒的啼哭，和大多數叫聲像嬰兒哭叫的怪獸一樣，
它也吃人。有趣的是，它不但吃人，而且還很貪吃，
吃著吃著就把自己的身體也吃進去了，而它的名字，
叫作狍鴞（音消）。這習性是否有些耳熟？是的，
鴞還有一個更廣為人知的名字，叫作饕餮。

有獸焉，其狀如虎，而白身犬首，
馬尾彘鬣，名曰獨狢。

　　鉤吾山往北三百里，就到了北嚻山。這是一座土山，沒有石頭，但卻出產美玉。住在這座山裡的怪獸名叫獨狢（音玉）。它外形似虎，頗有王者風範，但身子是白色的，而且長著狗的頭、馬的尾巴和豬一樣的鬣毛。

囂

有鳥焉，其狀如誇父，四翼、一目、犬尾，
名曰囂，其音如鵲，食之已腹痛，可以止衕。

　　北囂山往北三百五十里，是一座只產黃金美玉的
梁渠山。這裡有一種怪鳥，名叫囂（音敖）。它的樣
子像一種名叫「誇父」的猿猴，長著兩對翅膀和狗的
尾巴，只有一隻眼睛，而且是長在臉的正中間。雖然
長得怪，但叫聲悅耳動聽，如同鵲鳥。吃了這怪鳥的
肉，不但可以治療腹痛，還可以止腹瀉。

人 魚

決決之水出焉，而東流注於河。其中多人魚，
其狀如魚，四足，其音如嬰兒，食之無癡疾。

　　大概在現今太行山東北一帶，上古時有一座龍侯
山，這也是一座不長草木但卻盛產黃金玉石的山。決
決水從這裡發源，向東注入黃河。而這決決水裡，多
有人魚。它的樣子像一條有四隻腳的大鯰魚，叫起來
聲音像嬰兒的啼哭。這人魚樣子雖不美，它的肉卻極
有用處，吃了之後可以治療癡呆。

天　馬

有獸焉，其狀如白犬而黑頭，
見人則飛，其名曰天馬，其鳴自訓。

　　龍侯山東北大約二百里，有一座馬成山，這裡有
一種神獸，樣子如一條白狗，但頭是黑色的，背上還
長了一對大翅膀，名字叫天馬。它的叫聲像是在呼喚
自己，但不知是膽小怕羞還是什麼原因，它一見到人
就要飛走。不過它倒是一種吉獸，一旦出現，那就意
味著該年要大豐收了。

精衛

有鳥焉，其狀如烏，文首、白喙、赤足，
名曰精衛，其鳴自詨。是炎帝之少女名曰女娃。
女娃遊於東海，溺而不返，故為精衛。
常銜西山之木石，以堙於東海。

發鳩山上有一種鳥，樣子像烏鴉，但長著花腦袋、白嘴喙、紅爪子，這就是人所共知的精衛。它發出的聲音像是呼喊自己名字。精衛原本是炎帝的小女兒，名叫女娃。女娃到東海遊玩時不慎溺水淹死，於是就變成了精衛鳥，它常常衝著西山的樹枝和石子來填塞東海。

夫子著《春秋》而亂臣賊子懼，正在於這部書裡高舉的那些懸日月而不刊的大義，「大復仇」正是其中之一。當世間的禮制、法律、政治、倫理、道德等一切都不能給人以公正的時候，那就強調人性自然的公正。因而，在「大復仇」精神的影響之下，先秦時期得以造就一大群勇於任事，珍視榮譽與責任，重然若，輕死生，大節與日爭的君子。正是他們，使得這片土地上的人性光輝從未黯淡。也正是在這樣的社會氛圍之中，才會有精衛為報大仇銜石填海的故事出現。可以說，化成精衛的不是女娃的精魂，而是那些君子們身上「沛乎塞蒼冥」的浩然之氣。

辣　辣

有獸焉，其狀如羊，一角一目，
目在耳後，其名曰辣辣，其鳴自訆。

　　在今山西繁峙縣的東北，有一座泰戲山，這山裡有一種名叫辣辣（音動）的神獸，樣子長得像羊，但角和眼睛都只有一隻，而且那眼睛還長在耳朵的後面。它每天「動 - 動 - 動」地叫，因此名為辣辣。據說，只要辣辣一出現，當年就會豐收，它是一種難得的瑞獸。然而，也有人認為它是個凶獸，它一出現，宮中就要出事。

乾山 | 獂

有獸焉，其狀如牛而三足，
其名曰獂，其鳴自詨。

　　大概在今伊祁山北邊四百里，上古時有一座乾
山，這裡也有一種異獸，名字叫獂（音原），樣子像
一頭牛，但少了一隻腳，這是它最主要的特徵。叫起
來的聲音是「原、原、原」，就好似在呼喚自己的名
字一樣。不知它這樣，是否是在彰顯自己的存在。

馬身人面神

凡北次三經之首，自太行之山以至於無逢之山，
凡四十六山，萬二千三百五十里。
其神狀皆馬身而人面者廿神。其祠之，
皆用一藻茝，瘞之。

　　《北山經》一共有三大山系，第三山系從太
行山綿延到無逢山，共有四十六座山，行程一萬
二千三百五十里。其中有二十座山的山神是長著馬的
身體和人的面孔，祭祀的時候，都要把用作祭品的藻
和茝之類的香草埋在地下。

東山經

狪　狪

有獸焉，其狀如豚而有珠，
名曰狪狪，其鳴自訓。

　　狪狪（音同）是上古時期生活在泰山中的一種異獸，它的樣子和豬差不多，叫聲像是在喊自己的名字。然而，這狪狪的體內卻可以孕育出珍珠！一獸而能產珍珠，是它最與眾不同之處，因而，它又被叫做珠豚。

珠鳖魚

澧水出焉，東流注于餘澤，
其中多珠鳖魚，其狀如肺而有目，
六足有珠，其味酸甘，食之無癘。

　　葛山的首端，澧水從此發源，向東流注入餘澤。澧水清澈幽深，水中多有一種怪魚，名叫珠鳖（音憋）。它的樣子像一隻浮在水裡的肺，但卻又長著兩雙眼睛和六隻腳，而且能夠在體內孕育珍珠，並吐出來。它的肉吃起來酸中帶甜，被呂不韋認為是魚中美味，而且吃過之後不會被時氣侵蝕而生病，可以預防瘟疫。

犰 狳 餘峨山

有獸焉，其狀如菟而鳥喙，鴟目蛇尾，

見人則眠，名曰犰狳，其鳴自訆，

見則螽蝗為敗。

　　葛山之首往南三百八十里，是餘峨山，山上多梓
木、楠木，山下多荊棘、枸杞。山中有一種凶獸，名
叫犰狳（音求餘），外形像是兔子，但卻長著鳥的嘴、
貓頭鷹的眼睛和蛇的尾巴，一見到人就假睡裝死，叫
起來的聲音像在呼喚自己。凡是它出現的地方必定蝗
蟲遍野，顆粒無收，最終田園荒蕪。

朱獳

有獸焉，其狀如狐而魚翼，
其名曰朱獳，其鳴自詨，見則其國有恐。

　　余峨山再往南六百里，就到了耿山，這山上也有
一種奇怪的凶獸，名叫朱獳。它長著狐狸的外形，背
上卻長有魚鰭，叫聲也像是在喊自己的名字，似乎是
在提醒人們：「我要出來了，你們小心啊！」只要它
一出現，國內就會出現大的動盪，在短期內社會、政
治、經濟會陷入波動與不穩定中。

鮯鮯之魚

有魚焉，其狀如鯉，而六足鳥尾，
名曰鮯鮯之魚，其鳴自訆。

　　大概在今天山東榮成一帶，當時有一座跂踵山，
這山裡有一個方圓四十里的大澤，名叫深澤。澤中生
有一種魚，名叫鮯鮯（音革），它形似常見的鯉魚，
卻又有著一條鳥的尾巴，還長了六隻腳，可以潛到很
深的水裡去。它平時叫起來的聲音像是在喊自己的名
字，但好在它並不會帶來什麼凶兆災禍。它還有一大
奇異之處，就是作為一條魚，它居然是胎生而不是卵
生。

猲狙

有獸焉，其狀如狼，赤首鼠目，其音如豚，
名曰猲狙，是食人。

　　北號山靠近北海，食水從這裡發源，向東北流入
大海。由於靠近浩瀚的大海，這座山裡物種豐富。既
有奇木、神鳥，還有怪獸。而這猲狙（音格居），就
是山裡的怪獸。它的樣子像狼，但頭卻是紅色的，還
長了一雙老鼠的眼睛，叫起來的聲音像豬叫。這猲狙
也是食人的猛獸。

薄　魚

石膏水出焉，而西注于㶟水，
其中多薄魚，其狀如鱣魚而一目，
其音如歐，見則天下大旱。

　　石膏水從女烝山發源，向西流注於㶟水之中。這
石膏水中，有一種魚名叫薄魚，是一種凶獸，它的樣
子像是鱣魚，但卻只有一隻眼睛，叫起來的聲音十分
難聽，像是人在痛苦地嘔吐。只要它一出現，有的人
說就會天下大旱，有的人說是要發大水，還有的是說
會有人要起兵謀反，橫豎逃不過凶兆。

合窳

剡
山

有獸焉，其狀如彘而人面，黃身而赤尾，
其名曰合窳，其音如嬰兒。是獸也，
食人亦食蟲蛇。見則天下大水。

　　大概今天山東沂山西邊二百里左右，有一座剡
（音扇）山，山中有一種吃人的凶獸名叫合窳（音雨）。
這怪物長著人的面孔，卻有著豬的身體，身體是黃色
的，尾巴通紅，豔麗無比，叫起來的聲音像是嬰兒啼
哭。合窳不但吃蟲蛇，也吃人。而且只要它一出現，
當年必將洪水氾濫。

中山經

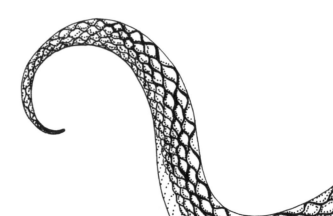

化蛇

其中多化蛇，其狀如人面而豺身，
鳥翼而蛇行，其音如叱呼，見則其邑大水。

陽山多沙石，無草木生長。山中有一
種怪蛇叫化蛇，它長著人的面孔，上半身
像豺狼，而下半身則是蛇的樣子，而且還
長著一對翅膀，但平日裡走路則是像蛇一
樣地爬行，叫起來像是在叱吒呼喊，好似
人在大聲呵斥。只要它一出現，當地就會
發生大水災。

夫 諸

敖岸山

有獸焉，其狀如白鹿而四角，
名曰夫諸，見則其邑大水。

　　大約在今天河南鞏義市北，上古時有一座敖岸
山，這裡是熏池神居住的地方。山中有一種怪獸，名
叫夫諸，樣子像是頭白鹿，但卻長了四個角。據說只
要它一出現，同樣是預示著重大的水災要來。歷史
上河南水災頻發，或許與夫諸的存在不無關係。

吉神泰逢

吉神泰逢司之，其狀如人而虎尾，
是好居於山之陽，出入有光。泰逢神動天地氣也。

　　在今天河南孟津縣境內，有一座和山，山勢回環曲折，曲回五重，而且是黃河九水彙聚之處。許多水流經由此彙聚，再從此山流出，最後北流注入於黃河中。泰逢神負責在此管理，他樣子像人，生有虎尾，喜歡住在山南面向陽的地方。他出入伴有閃光，而且可以興風布雲，招雷降雨。據說有一次，它突然掀起一陣狂風，一時之間天地晦暝，正在打獵的夏朝君王孔甲因此迷了路。

獜

有獸焉，名曰獜，其狀如獳犬而有鱗，其毛如彘鬣。

　　在今天河南嵩縣境內，有一座厘山，山南面多產
玉石，山北面多產茜草。這裡有一種名叫獜（音斜）
的奇獸，樣子像是多毛的獳犬，但卻又長了一身的鱗
片，鱗片之間空隙處長出來的毛像是豬的鬃毛。

驕　蟲

有神焉，其狀如人而二首，名曰驕蟲，
是為螫蟲，實惟蜂蜜之廬，其祠之，
用一雄雞，禳而勿殺。

　　平逢山，寸草不生，山中多砂石。這裡住著一位
叫驕蟲的神，他的樣子像是人，但卻長了兩個腦袋。
它是所有螫蟲的首領，因此這平逢山也就成了蜜蜂聚
集的地方。祭祀他的時候用一隻大公雞，祈禱他不要
讓手下那幫螫蟲再出來傷人了。祈禱完以後把大公雞
放了，並不去殺它，在祭祀中這算是比較特殊的一種
方式。

鶹鶋

其中有鳥焉，狀如山雞而長尾，
赤如丹火而青喙，名曰鶹鶋，
其鳴自呼，服之不眯。

　　平逢山往西再走二十里，就到了瘣（音歸）山，
這裡有一種奇鳥，名叫鶹鶋（音鈴腰），樣子像是山
雞，但卻有著一條十分長的尾巴，全身紅若丹楓，唯
獨嘴喙卻是青色的，萬紅之中一點青，格外好看，它
的叫聲也像是在呼喚自己的名字。據說人吃了它的肉，
就可以不做噩夢，也可以辟邪辟妖。在古人看來，噩
夢很大程度上也是邪祟或邪氣對人的侵擾造成的，因
而這兩種作用實際上是互通的。

三足龜

其陽狂水出焉，西南流注于伊水，

其中多三足龜，食者無大疾，可以已腫。

　　狂水自大苦（音苦）山的南面發源，向西南流注
入了伊水，這裡面有不少三足龜。吃了它們的肉就能
使人不生大病，還能消除癰腫。當時人吃了其他地方
的三足龜基本都丟了性命，然而，唯獨吃了這裡的三
足龜以後不但不會危及人的性命，而且還可以消腫、
辟時疫，可稱得上是三足龜中的異數了。

蠱 圍

神蠱圍處之，其狀如人面。

羊角虎爪，恒游於雎、漳之淵，出入有光。

　　蠱（音鼍）圍神長年住在驕山上。他外形似人，但卻長著一對虎爪，一對羊角。這蠱圍神的形象和《中次八經》裡面山神「皆鳥身而人面」相差頗大，可能他只是住在這裡。平日裡蠱圍喜歡去雎水和漳水的深淵裡玩，他的出入往返有神光環繞。

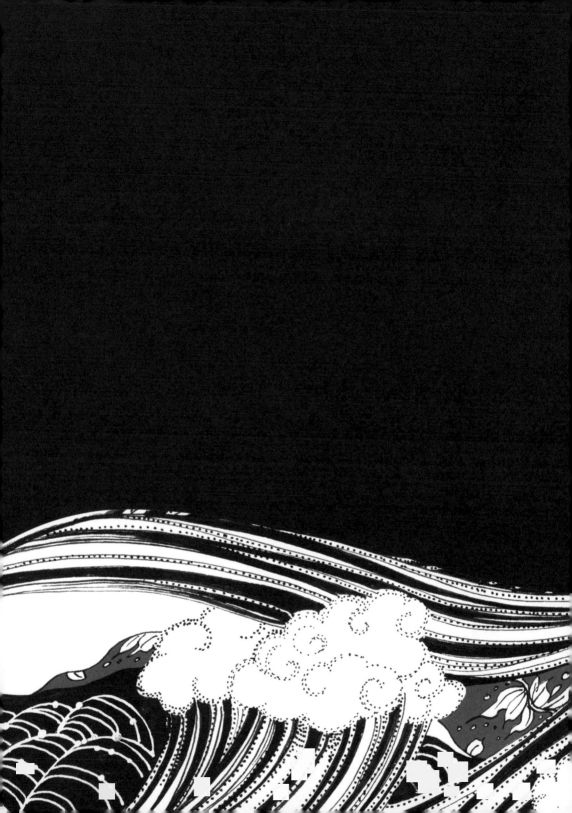

計 蒙 光山

神計蒙處之，其狀人身而龍首。
恆游於漳淵，出入必有飄風暴雨。

　　光山似乎就是今天河南光山縣西北八十里的弋陽
山，上古時計蒙神住在這裡。他長著人的身體、龍的
腦袋，喜歡去漳淵遊玩，而每次所出入的地方，必然
伴隨有狂風暴雨。正是所謂「龍來帶風雲，好雨隨龍
起」。

跂踵 復州山

有鳥焉，其狀如鶚，而一足彘尾，其名曰跂踵，見
則其國大疫。

　　不知複州山在哪裡，大概在今天南陽附近的區域
裡。這裡出產檀木和黃金，還有一種奇鳥，名叫跂踵
（音種）。它長得像貓頭鷹，但只有一隻爪子，屁股
後面還長了一條豬尾巴，不知它是否還能輕盈飛動。
這也是一種預告災禍的奇獸，只要它一出現，就會有
全國性瘟疫爆發。

嬰勺

有鳥焉，其名曰嬰勺，其狀如鵲，赤目、赤喙、白身，其尾若勺，其鳴自呼。

　　支離山大致在今天河南省的南部，嬰勺這種怪鳥就生長在這裡。它形似鵲鳥，紅眼睛、紅嘴巴，身子雪白。足以令人稱奇的是它的尾巴像一個勺子，後人據此得到靈感，製作了可以在酒面上旋轉的鵲尾勺。

狙　如

有獸焉，其狀如鼄鼠，白耳白喙，名曰狙如，見則
其國有大兵。

　　倚帝山也位於今天河南省。這裡有一種凶獸，名
叫狙（音居）如。它與那有些像兔子的鼄鼠有些相像，
不過狙如與之不同的是它的耳朵和嘴都是白色的，通
透可愛。可只要狙如出現，那裡就會有兵亂甚至戰爭。

于　兒

神于兒居之，其狀人身而手操兩蛇，常遊于江淵，出入有光。

　　湖南一帶有一座夫夫山，有一位叫于兒的神住在這裡。他長相似人，不過身上纏著兩條蛇，也有人說是手裡拿著兩條蛇而不是纏在身上。和前面幾位神一樣，他也喜歡出遊，時常到江淵遊玩，出入之間也有神光伴隨左右。和前幾位神不同，他外形上唯一與凡人不同的只有那兩條蛇，而這那兩條蛇或許就是他溝通神、凡兩界的法器。

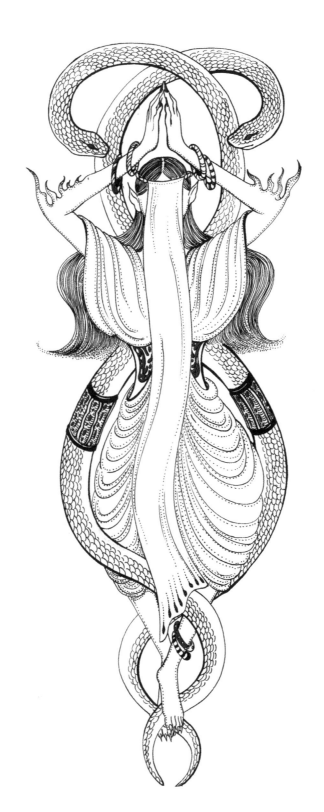

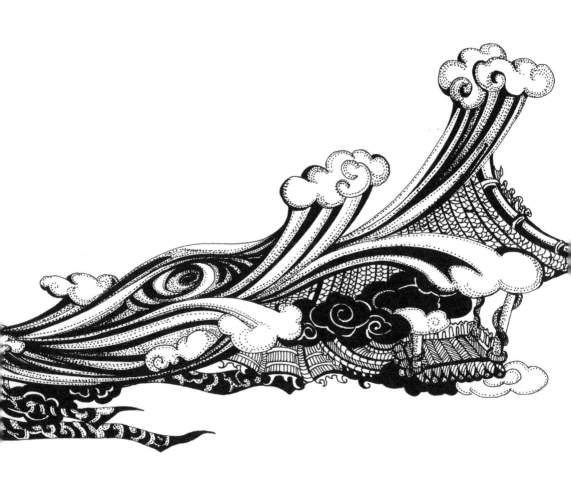

帝之二女 | 洞庭山

帝之二女居之，是常游於江淵。澧沅之風，交瀟湘之淵，是在九江之間，出入必以飄風暴雨。

　　洞庭山就是今天的君山，位於洞庭湖北岸。天帝的兩個女兒居住在這座山上，經常在長江的深淵中暢遊。從澧水和沅水吹來的清風，在湘水淵潭交會，這裡是九條江水匯合處，她們出入時必會伴有狂風暴雨。帝之二女就是唐堯帝的女兒娥皇和女英，她們姐妹二人同時嫁給了虞舜帝，後來舜帝南巡，在蒼梧病逝，葬於九嶷山。她們便追隨亡夫的足跡來到沅、湘之地，在湘江之濱遙望九嶷山，點點珠淚落於竹上，成為永不消退的斑點，即成湘妃竹。最後兩人雙雙殞於湘水之中，也許是這堅貞的愛情感動天地，舜帝與二妃遂化為湘水之神，也就是屈原《九歌》裡面所歌詠的湘君與湘夫人。現在，與丈夫一同獲得永生的二女常逍遙於湘江的淵潭裡，從澧水和沅水吹來的熏風交匯於瀟湘的淵渚。伴隨著她們每一次的出入，都會有狂風暴雨。風雨中的美人，從此不再憂傷。

海外南經

比翼鳥

比翼鳥在其東，其為鳥青、赤，兩鳥比翼。一曰在
南山東。

　　「在天願作比翼鳥，在地願為連理枝」中的比翼
鳥最早就出現在這裡。有人說《西次三經》中的「蠻
蠻」鳥就是比翼鳥，從描述來看大致是可信的。比翼
鳥雖然聽上去很浪漫，但實際樣子並不美麗。它的顏
色青紅相間，樣子有點像野鴨，只有一隻眼、一隻翅
膀，必須兩隻鳥並在一起才能飛翔。原本只是生存的
必然，並無關乎愛情，然而這並不妨礙人們賦予它們
這樣的象徵。或許，許多美麗的意象只是人類一廂情
願的誤解，就如同這比翼鳥一樣，但這又有何妨呢？

羽　人

羽民國在其東南，其為人長頭，身生羽。一曰在比
翼鳥東南，其為人長頰。

　　羽民國在《淮南子》和《博物志》裡面都有記載，
而且《博物志》說它距離九嶷山有四萬三千里。這裡
的人，腦袋和臉都很長，紅眼睛，白頭發，長著鳥一
樣的喙，身上長滿羽毛，背上有一對翅膀，而且連繁
殖方式都和鳥類一樣靠的是卵生。雖然他們很像是鳥，
而且也能飛，但飛不遠。靠食用鸞鳥的蛋為生。

二八神

在羽民國的東邊，有十六個胳膊相連的神人，他
們小臉頰，紅肩膀，在荒野裡為天帝（黃帝）守夜，
白天消失不見。後來的夜遊神很有可能就發源於此。

讙國人

讙頭國在其南，其為人人面有翼，鳥喙，方捕魚。

　　讙（音歡）頭國的來歷頗為神秘，有的說他是堯
舜時期「四凶」之一的兜被放逐後，自投南海而死，
舜帝有些可憐他，便封其子為南海附近的一個諸侯，
方便他祭祀父親，於是便有了讙頭國。另一種說法是
自投南海而死的是堯的兒子丹朱，丹朱不滿堯將天子
之位讓給舜，便聯合三苗起兵反叛，被鎮壓後投海而
死，魂魄化為《南山經》中說的𪄳鳥，他的兒子則被
封在南海的朱國，而這朱國就是讙頭國。也有說讙頭、
朱、兜都是丹朱的異名或是音轉的。而讙頭國的人，
都長著鳥的喙和翅膀，不過臉卻還是人的樣子。不過
他們的翅膀卻無法飛行，而是像拐杖一樣，每天扶著
它走路，靠捕食海裡的魚蝦為生。

厭火國

厭火國在其國南，其為人獸身黑色。
生火出其口中。一曰在朱東。

　　厭火國有的說在頭國也就是朱國的南邊，也有的
說是在東邊。這裡的人樣子像野獸，黑皮膚，以吃火
炭為生，因而能夠口吐火焰，在《博物志》中也被叫
作厭光國。

三珠樹

　　三珠樹，在厭火國的北邊，生長在赤水岸邊上。樹的樣子像是柏樹，但樹葉全都是珍珠，遠遠望去整株樹好似一顆彗星。傳說當年黃帝曾遊赤水的北邊，登崑崙山，而返回時不慎將玄珠丟失在這附近，先後派了四個人去尋找，最終才找回。這三珠樹，或許就是，當年遺失的玄珠生長出來的。

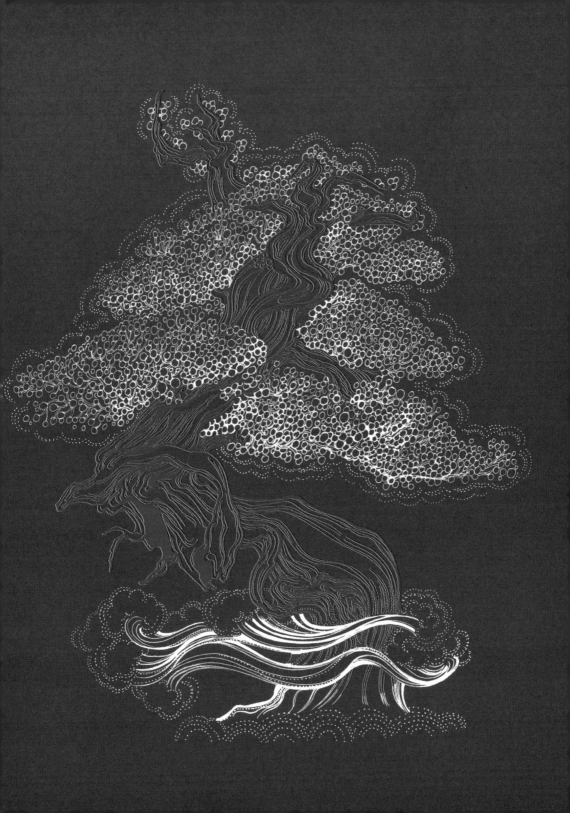

貫匈國

貫匈國在其東，其為人匈有竅。

　　貫匈國是比較著名的海外方國之一，在《淮南子》中被稱作「穿胸民」。這裡的人胸前都有一個大洞。據說當年大禹會諸侯於陽城，防風氏遲到了，大禹一怒之下將其殺死。但這並沒有影響大禹的聲望與德行，相反，天上有兩條龍歸順大禹。大禹便命這兩條龍為其駕車，由範氏來駕馭它們。後來大禹坐著龍車巡遊四方，經過南方防風氏舊址，防風氏後裔看見大禹來了，不由得想起血海深仇，張弓搭箭怒射之。不料，恰在此時天雷大作，兩條龍竟駕車飛騰而去。防風氏的後裔知道闖下彌天大禍，便用利刃刺穿自己胸膛而死。大禹感念他們的一片忠孝之心，命人用不死草塞進他們胸前洞中，使他們死而復生，這些人就是貫匈國的始祖。在貫匈國，有地位的人既不乘車也不坐轎，而是赤裸上身，讓人用竹竿或木棍穿過他胸前的洞，這樣抬著走。

交脛國

交脛國在其東，其為人交脛。一曰在穿匈東。

　　交脛國在貫匈國的東邊。這裡的人足骨無節，身上有毛，兩腿彎曲而相互交叉，一旦躺下，除非有人攙扶，否則依靠自己的力量是起不來的。而另有版本則寫作「交頸」的，說是並非是兩條腿相交叉，而是走路的時候，兩個人的脖子交叉在一起。

后羿斬鑿齒

羿與鑿齒戰於壽華之野，羿射殺之。在崑崙墟東。
羿持弓矢，鑿齒持盾。一曰持戈。

羿，即后羿。羿是上古的一個英雄式的天神，帝俊賜給他彤弓素矰（一種拴絲繩的箭），命他去輔助下方的國家，解救生民的種種苦難。當時的人們，不但遭受著我們現在所熟知的十日之苦，而且大風、九嬰、鑿齒、修蛇等怪物皆毒害百姓。這鑿齒有人說是人，有人說是獸，牙齒像鑿子，手拿戈或者盾，與羿在崑崙山東邊壽華的原野上決戰，結果大敗，被羿射死。

祝　融

南方祝融，獸身人面，乘兩龍。

　　南方火神祝融，長著人的臉、野獸的身子，出入時駕著兩條龍。他也是司掌夏季的季節神和六月的值月神。他是炎帝的僚屬，管轄方圓一萬兩千里的南方天地。他的後世子孫分別使用己、芊、彭、董、禿、妘、曹、斟八個姓氏，史稱祝融八姓。其中芊姓後來發展為楚國的王族，因而祝融被楚人奉為祖先。

夏后啟

大樂之野，夏后啟於此儛《九代》，
乘兩龍，雲蓋三層。左手操翳，右手操環，
佩玉璜。在大運山北。一曰大遺之野。

在大運山的北面有一個叫大樂之野的地方，當年夏
王啟在這裡觀看《九代》樂舞，只見他駕著兩條龍，飛騰
在三重雲霧之上。他左手握著一把華蓋，右手拿著一隻玉
環，腰間還佩戴了一塊玉璜。他曾經三次前往天帝的宮中
作客，因而看到了天宮中的樂舞——《九辯》與《九歌》。
面對這種「人間能得幾回聞」的金闕仙樂，他決定要將其
帶回人間，於是便悄悄地記錄下來，然後帶回人間在大樂
之野演奏，這便是後來流傳人間的《九招》和《九代》。
而另一種版本上則說啟觀看樂舞是在大遺之野。

聯繫到燧人氏、有巢氏以及啟的父親大禹治水等故
事，我們似乎可以發現一個有趣的現象：對於中國人而言，
在面對現實的生存問題時，往往是相信人定勝天；而面對
精神世界的時候，則又總是天人合一的。宏大的工程與精
妙的創造總被說成是聖人、巧匠們的傑作，而偉大的藝術
或深邃的思想則往往伴隨著種種神秘體驗與傳說。

奇肱國

奇肱之國在其北。其人一臂三目，有陰有陽，
乘文馬。有鳥焉，兩頭，赤黃色，在其旁。

　　奇肱國在一臂國的北面，據說距離玉門關有四萬
里。那裡的人都只有一條胳膊，卻有三隻眼睛，這三
隻眼睛還分陰陽，而且是陰眼在上，陽眼在下。他們
騎著一種名叫吉良的馬，白色的身子，朱紅色的鬣毛，
雙眼如同黃金一般，騎上它即可享壽千年，著實是一
種神馬，有的地方也寫作吉量。棲息在他們的身旁的
還有一種鳥，長著兩個腦袋，身子紅黃相間。這裡的
人雖然只有一條胳膊，但卻十分擅長製作各種奇器，
有的用來捕捉鳥獸，還能製造飛車。傳說商湯時期，
他們坐著飛車乘著西風遠行，結果一直飛到了豫州的
地界，商湯得知後，命人把飛車破壞，不讓民眾看到。
十年之後東風大作，商湯才讓這些奇肱國人重制了一
輛飛車，將其遣返。

刑　天

刑天與帝至此爭神，帝斷其首，葬之常羊之山。
乃以乳為目，以臍為口，操干戚以舞。

　　刑天的故事在中國廣為流傳，最早出自《山海經·海
外西經》，說刑天與天帝爭奪神位，結果戰敗被天帝砍斷
了腦袋，天帝把刑天的頭埋在了常羊山上。沒了頭的刑天
並沒有死去，他以乳頭作眼睛，以肚臍作嘴巴，一手持盾
牌一手操大斧繼續戰鬥。最終戰鬥的結果書中雖然沒有記
載，但我們不難推想。也有人說刑天是炎帝的臣子，而與
他爭奪神位的天帝就是黃帝。

　　現在這些都已無關緊要，「刑天舞干戚，猛志固常
在」，陶淵明的詩句塑造了刑天精神。那種「知其不可為
而為之」的執著，那種「寸丹為重兮七尺為輕」的決然，
那種「道之所在，雖千萬人吾往矣」的君子本色，那種「不
忘在溝壑，不忘喪其元」的英雄氣概，那種「威武不能屈」
的丈夫氣節……才是值得我們效仿的對象。

並　封

並封在巫咸東，其狀如彘，前後皆有首，黑。

　　在巫咸國的東面，有一種叫作並封的怪獸，它的
樣子像是普通的豬，但前後各長了一個頭，全身都是
黑色。在《大荒西經》裡面也有一種兩頭怪獸，名叫
屏蓬。而《逸周書》的《王會篇》裡面也記載了一種
樣子像豬，而前後有兩個腦袋的怪獸，名字叫鷩封。
聞一多先生以為這三種怪獸實際是一種動物，並不是
真正的外形古怪，而是雌雄交合的樣子。這樣說有一
定的道理，但也無法查實，僅供大家參考。

軒轅國

軒轅之國在此窮山之際，其不壽者八百歲。在女子
國北。人面蛇身，尾交首上。

在窮山附近，女子國的北面有一個軒轅國，那裡
的人壽命最短也有八百歲。他們長著人的面孔卻是蛇
形的身子，尾巴還盤繞在頭頂上。這個軒轅國可能是
軒轅黃帝居住的地方，這樣說來，黃帝可能也是人面
蛇身。提到人面蛇身，最著名的莫過於伏羲和女媧，
還有相柳、窫窳、貳負等，都是古代神話中的神靈。
究其原因，從仰韶文化廟底溝遺址出土的陶瓶上，發
現了人面蛇身且蛇尾繞在頭頂的圖案。兩者之間是否
存在著必然的聯繫，值得我們進一步探索。

白民乘黃

白民之國在龍魚北，白身披髮。有乘黃，其狀如狐，
其背上有角，乘之壽二千歲。

　　白民國在龍魚居住地的北方，這裡的人披散著頭
髮，全身雪白。國內還有一種名叫乘黃的異獸，它的
樣子像狐狸，但背上卻長有角。若是有人能騎上它，
就可以活到兩千歲，有的書上甚至說可以活到三千歲。

海外北經

燭　　陰

　　鐘山的山神，名叫燭陰。就是燭龍。他睜開眼睛便是白晝，閉
上眼睛便是黑夜，一吹氣便是寒冬，一呼氣便是炎夏，不喝水，不
吃食物，不呼吸，因為一呼吸就生成風，身子有一千里長。這位燭
陰神在無啓國的東面。他的形貌是人的面孔，蛇的身子，全身赤紅，
居住在鐘山腳下。值得注意的是，他的這些神力很有些像「泣為江
河，氣為風，聲為雷，目瞳為電，喜為晴，怒為陰」的盤古。

　　而且三國時期記述的盤古形象，也是我們現在所能看到的最早
的盤古形象，正是：「盤古之君，龍首蛇身，噓為風雨，吹為雷電，
開目為畫，閉目為夜」（見三國吳徐整著《五運歷年記》，《廣博
物志》卷九引）。因此袁珂《山海經校注》將燭陰作為盤古的原型，
是有一定道理的。

柔利國

柔利國在一目東，為人一手一足，
反膝，曲足居上。一云留利之國，人足反折。

　　柔利國，也叫留利國，位於一目國的東面。這裡
的人只有一隻手和一隻腳，因為沒有骨頭，所以膝蓋
反著長，腳也彎曲朝上，也有的說，這裡人的腳是反
折著的。

相　柳

共工之臣曰相柳氏，九首，以食於九山。相柳之所抵，
厥為澤谿。禹殺相柳，其血腥，不可以樹五穀種。禹厥
之，三仞三沮，乃以為眾帝之台。在崑崙之北，柔利之
東。相柳者，九首人面，蛇身而青。不敢北射，畏共工
之台。台在其東。台四方，隅有一蛇，虎色，首沖南方。

　　共工有一個臣子名叫相柳氏，長著九個腦袋，人的面
孔，蛇的身子，渾身是青色的，能夠同時在九座山上吃食
物。相柳氏所經過的地方，都變成了沼澤和溪流。後來大禹
殺死了相柳氏，他的血流過的地方都發出腥臭味，不能種植
五穀。大禹便想挖土填塞來阻擋血流，可每次填好就又塌陷
下去，反復多次都這樣。於是，大禹只好將挖掘出來的泥土
用於為眾帝修造帝台，帝台在崑崙山的北面，柔利國的東
面。而在相柳的東面有共工台，台呈四方形，每個角上有一
條蛇，身上的斑紋與老虎相似，頭向著南方。人不敢向北方
射箭，正是敬畏共工台威靈的緣故。

　　在上古神話中共工是一位水神，因此他的臣子相柳能
將所過之處皆變為湖泊溪穀。在《山海經》中與共工相鬥的
並不是後世傳說中的顓頊，而是大禹。《淮南子》中曾說水
災乃是由共工興起的，則他的臣子相柳被大禹所殺，正體現
了大禹治水時除惡務盡之意。

聶耳國

聶耳之國在無腸國東，使兩文虎，為人兩手聶其耳。縣居海水中，及水所出入奇物。兩虎在其東。

聶耳國也叫儋耳國，位於無腸國的東面一座被海水環繞的孤島上，因此能看到出入海水的各種怪物。那裡的人據說是海神之子，耳朵都非常長，耷拉到胸前，因此平日裡經常要用手托著自己的大耳朵。他們能夠驅使兩隻花斑大虎。

夸·父

　　夸父追日的故事在中國可以說是家喻戶曉。夸父追逐太陽，一直追到了太陽落山的地方——禺谷。這時夸父乾渴難耐想要喝水，於是一口氣把黃河和渭河中的水喝了個精光，但喝完了之後還是不解渴，又想去喝北方大澤中的水，可還還沒走到，就渴死在半路上了。臨死之際他將自己的拐杖扔了出去，拐杖落地變成了一片方圓三百里的桃林。

　　這一故事在後世不斷成為人們歌詠和評說的對象，最著名的莫過於陶淵明《讀山海經》系列詩歌中的那首：「夸父誕宏志，乃與日競走。俱至虞淵下，似若無勝負。神力既殊妙，傾河焉足有？余跡寄鄧林，功竟在身後」。《山海經》中，夸父的故事出現了不止一次，而與之有著同樣精神的人更是俯拾皆是，像刑天，像精衛，等等。他們生前雖皆未能實現其抱負，但其遺留下來的未竟之業，和他們在這一過程中所體現出的種種精神與氣節，卻往往能灌溉後人，非止一世。因此，後世「忠臣義士，及身之時，事或有所不能濟，而其志其功足留萬古者，皆夸父之類，非俗人目論所能知也」。

禺彊

北方禺彊，人面鳥身，珥兩青蛇，踐兩青蛇。

　　禺彊，是北海的海神，也是司理冬季的司冬之神，據說他是東海海神禺䝞（音國）的兒子，輔佐顓頊管理北方。他長著人的面孔和鳥的身體，耳朵上穿掛著兩條青蛇，而腳底下又踩著兩條青蛇。而根據其他的記載，他可能還兼任風神。當他以風神的身份出現時，樣子則變成了人的面孔和手腳，但卻長著魚的身子。

大人國

大人國在其北，為人大，坐而削船……一曰在

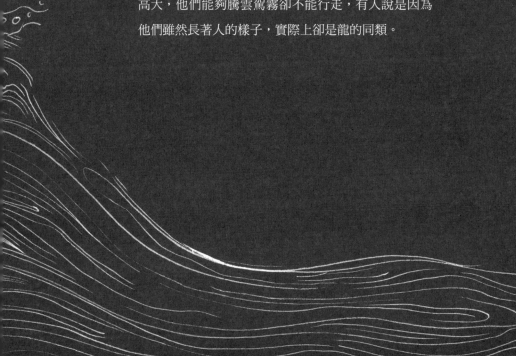

　　大人國在它的北面（我們現在無法確定這個「其」
究竟指代的是哪裡），那裡的人身材高大，正坐在船
上撐船，而另一種說法認為大人國在丘的北面。大人
國以及與之相類似的巨人傳說，在典籍中出現得非常
之多，按《博物志》中的說法，大人國距離會稽有四
萬六千里，那裡的人懷胎一次要三十六年之久，等到
孩子生下來頭髮都白了，生下來的孩子自然也都十分
高大，他們能夠騰雲駕霧卻不能行走，有人說是因為
他們雖然長著人的樣子，實際上卻是龍的同類。

奢比尸

奢比尸在大人國的北面，奢比就是奢龍，他雖然長著野獸的身子，卻有著人的面孔，兩隻耳朵非常大，上面穿掛著兩條青蛇。奢比屍也是神，而且是《山海經》比較奇特的一種神，即本身為天神，但因為種種原因被殺，但其精魂不滅，借由「屍」的形態繼續活動。

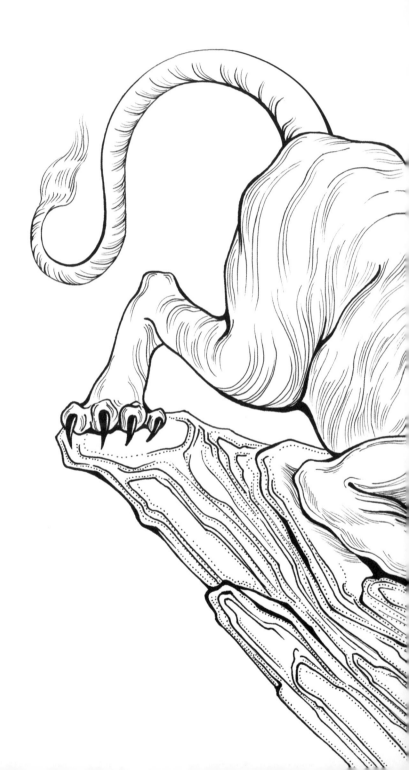

君子國

君子國在其北，衣冠帶劍，食獸，使二文虎在旁，
其人好讓不爭。有薰華草，朝生夕死。

君子國在奢比尸的北面，那裡的人衣冠整齊，腰
間佩帶寶劍，吃野獸，身旁有兩只使喚的花斑大老虎。
他們為人謙和禮讓而不好爭鬥。那裡還有一種薰華草，
早晨開花到傍晚就凋謝。

天　吳

朝陽之谷，神曰天吳，是為水伯。在虹虹北兩水間。其為獸也，八首人面，八足八尾，背青黃。

　　朝陽谷，這裡居住的神叫作天吳，也就是傳說中
的水伯。他住在雙重彩虹北面的兩條河中間。他的身
軀是野獸的樣子，長著八個腦袋，人的臉面，八隻腳，
八條尾巴，背部的顏色青中帶黃。

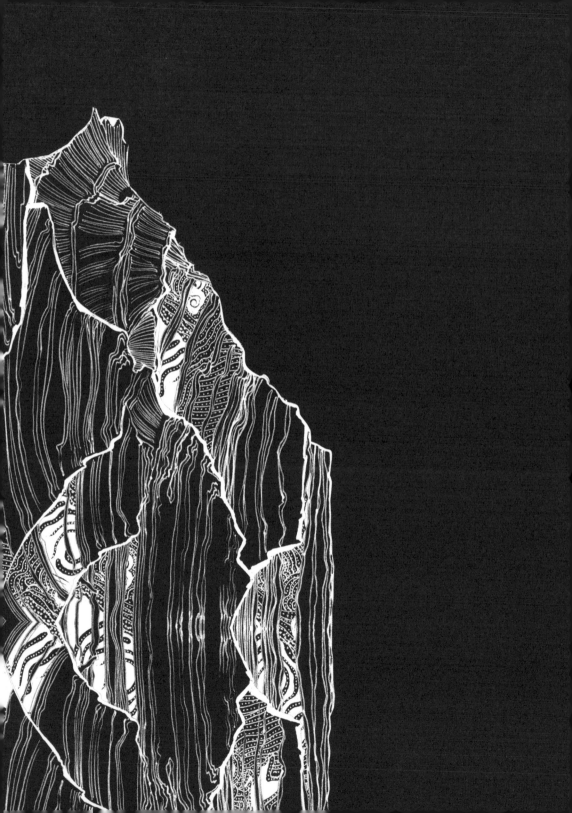

豎　亥

　　天帝命令快走神人豎亥用腳步測量大地，從最
東端走到最西端，是五億十萬九千八百步。豎亥右手
拿著算籌，左手指著青丘國的北面。另一種說法是命
令豎亥測量大地的不是天帝，而是大禹。關於大地幅
員，古籍中常常有著各式各樣的記載，例如《續漢書・
郡國志》說自東極至西極，是二億三萬三千三百里
七十一步，而從南極到北極，是二億三萬三千五百里
七十五步。《山經・中山經》說，天地東西二萬八千
里，南北二萬六千里。而《詩含神霧》中的說法更為
誇張，它記載天地東西長二億三萬三千里，南北長
二億一千五百里，天地之間相隔了一億五萬里。這些
數據來自哪裡？是否僅僅是古人隨意的想象？這些都
值得我們進一步的思考。

扶桑樹

下有湯谷。湯谷上有扶桑，十日所浴，在黑齒北。
居水中，有大木，九日居下枝，一日居上枝。

下面（這個「下有」並非針對之前的黑齒國而言，
現在無法確定具體指代）有一個山谷，名叫湯（音陽）
谷，也可寫作「暘谷」，在黑齒國的北面。這裡是十
個太陽洗澡的地方，因而谷中的水非常熱。在湯谷邊
上有一棵扶桑樹，正好在大水中間。另有一棵高大的
樹木，九個太陽停在樹的下枝，一個太陽停在樹的上
枝，每天輪流交替，周而復始。

雨師妾

雨師妾在其北。其為人黑，
兩手各操一蛇，左耳有青蛇，右耳有赤蛇。
一曰在十日北，為人黑身人面，各操一龜。

　　雨師妾，有人認為是國名或部族名，也有人認為
就是雨師屏翳的妾，雨師即是雨神。我們這裡取前一
種說法。雨師妾國的位置在湯谷的北面。那裡的人全
身黑色，兩只手各握著一條蛇，左邊耳朵上掛著一條
青色的蛇，右邊耳朵掛著一條紅色的蛇。還有一種說
法認為雨師妾國是十個太陽所在地，也就是湯谷的北
面，那裡的人是黑色身子，人的面孔，兩只手握著的
不是蛇而是龜。

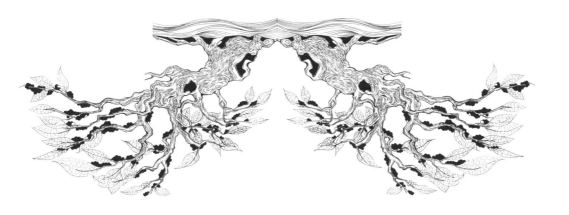

海內南經

兕

兕在舜葬東，湘水南。其狀如牛，蒼黑，一角。

在舜帝陵寢的東邊，湘水的南岸，生活著一種叫兕（音四）的猛獸。它的形狀像牛，全身青黑的顏色，頭上還長著一隻角，重達千斤。然而這種猛獸並不僅生活在這裡，《南次三經》中的禱過山下也多有此獸。後世周昭王南征楚地，過漢水時也曾遇到過大兕。據說用它的皮革製作成的鎧甲，可以使用二百年。

建 木

有木，其狀如牛，引之有皮，若纓、黃蛇。
其葉如羅，其實如欒，其木若芘，其名曰建木。
在窫窳西弱水上。

　　有一種樹，它的形狀像牛，一拉就往下掉樹皮，
樹皮的樣子像冠帽上的纓帶，又像是黃色蛇皮。它的
葉子像羅網，果實像欒樹結的果實，樹幹像刺榆，名
叫建木。這種建木生長在窫窳（音亞雨）西側的弱水
岸邊上。建木葉子是青色的，樹幹是紫色的，開的花
是黑色的，結的果卻是黃色的。它所在地方是天地之
中，人站在它的下面，影子會消失不見，喊叫也聽不
見聲音。天帝們通過它往來於天界和人間，它起到了
天梯的作用。

氐　人

氐人國在建木西，其為人人面而魚身，無足。

　　氐人國位於建木的西面，那裡的人長著人的面孔，下面卻是魚的身子，且沒有腳。在《大荒西經》中，它又被寫作互人國。他們是炎帝的後裔，炎帝的一個孫子名叫靈恝，靈恝的兒子就是互（氐）人，氐人國就是他的後裔。他們雖然是半人半魚的樣子，也沒有腳，卻能自由的上天，溝通天地。

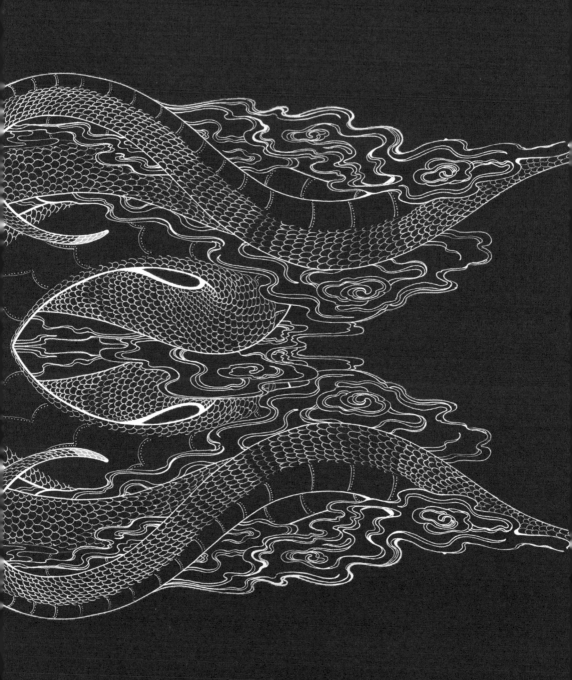

巴　蛇

　　巴蛇又名靈蛇、修蛇，屬於蚺蛇的一種，它能生
吞下一頭大象，三年才吐出骨頭。巴蛇吞象的故事由
來已久，屈原在《天問》中還感歎，「一蛇吞象，厥
大何如」。然而巴蛇的故事並不僅限於此，有才德的
人吃了巴蛇的肉，就不患心痛和腹痛之類的病。而巴
蛇的顏色是青、黃、紅、黑等幾種顏色混合間雜的。
另一種說法認為巴蛇是黑色身子青色腦袋，在犀牛所
在地的西面。

孟 涂

夏后啟之臣曰孟涂，是司神于巴。

人請訟于孟涂之所，其衣有血者乃執之。

是請生，居山上，在丹山西。

丹山在丹陽南，丹陽巴屬也。

　　夏王啟有一個臣子叫孟涂，是主管巴地訴訟的神。
「神」在上古時期，有時也是一種諸侯的名號，被稱
作神守諸侯。巴地的人到孟涂那裡去告狀，而告狀人
中有誰的衣服沾上血跡，就會被孟涂拘禁起來。據說
說謊的人衣服上會有血跡，這樣就不會冤枉好人，算
是有好生之德。孟涂住在一座山上，這座山在丹山的
西面。丹山在丹陽的南面，有人說就是巫山，而丹陽
是巴的屬地。

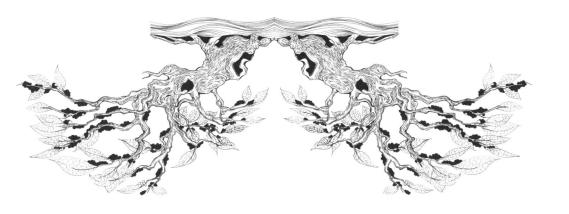

海內西經

貳負之臣曰危

貳負之臣曰危，危與貳負殺窫窳。
帝乃梏之疏屬之山，桎其右足，反縛兩手與髮，
系之山上木。在開題西北。

　　貳負是一個人面蛇身的天神，他有一個臣子叫
危，危與貳負合夥殺死了另一個天神——窫窳。天帝
（有人說是黃帝）大怒，下令將危拘禁在疏屬山中，
並給他的右腳戴上刑具，還用他自己的頭髮反綁上他
的雙手，拴在山上的大樹下。據說這個地方在開題國
的西北面。數千年後漢宣帝時，一次在鑿磐石的過程
中，發現石室裡面有一個人，他光著腳，披頭散髮，
雙手被反綁，一隻腳還帶著刑具。人們將他送到長安，
宣帝向大臣們詢問此人身份來歷，眾臣都不知道。只
有劉向依據《山海經》的記載向宣帝解釋說這是貳負
的臣子危，宣帝大驚。一時之間，長安城中人人爭相
學習《山海經》。

開明獸

崑崙南淵深三百仞。開明獸身大類虎而九首，
皆人面，東嚮立崑崙上。

　　崑崙山的南面有一個深三百仞的淵潭。守護崑崙
山的神獸開明獸，它的身形大小都像老虎，但長著九
個腦袋，而且這九個腦袋都是人面孔，朝東站立在崑
崙山上。

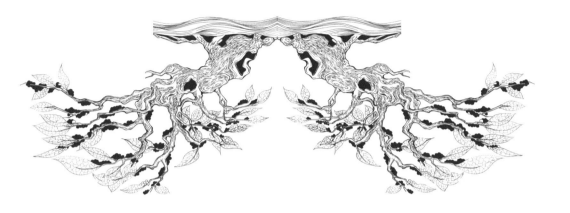

海內北經

三青鳥

西王母梯幾而戴勝杖，其南有三青鳥，
為西王母取食。在崑崙虛北。

西王母倚靠著小桌案，頭戴玉勝。在她的南面有
三隻勇猛健飛的青鳥，正在為她覓取食物。西王母和
三青鳥的所在地在崑崙山的北面。

犬封國

犬封國曰犬戎國，狀如犬。
有一女子，方跪進杯食。
有文馬，縞身朱鬣，目若黃金，
名曰吉量，乘之壽千歲。

　　犬封國也叫犬戎國，又叫狗國，在建木以東，崑崙正西。那裡的人都長著狗的模樣。關於這個國家的來歷有不同的說法，一種說犬帝生苗龍，苗龍生融吾，融吾生弄明，弄明生了兩頭白犬，兩頭白犬自行交配，繁衍出了犬封國。還有一種說法是，盤瓠殺了戎王，娶了高辛給他的美女，在會稽以東封了三百里地，生下來的孩子，男孩都是狗的樣子，女孩卻都是美女，這個封地就是犬封國。在古圖中，犬封國有一個女子，正跪在地上捧著一杯酒食向她的丈夫進獻。這一風俗直到明清時期在雲南的少數民族中還能看到，妻子服侍丈夫如同服侍君王一般。犬封國還出產一種有斑紋的馬，白色的身子，紅色的鬃毛，眼睛像黃金一樣閃閃發光，名叫吉量，只要人騎上它，就能活到一千歲。傳說周文王時，犬戎曾獻上此馬。

袜

袜，其為物人身、黑首、從目。

　　袜即魅（音妹），即鬼魅、精怪，這種怪物長著
人的身子、黑色腦袋、豎著長的眼睛。它是山澤中的
惡鬼，古時驅邪的大儺（音挪）中，專門有雄伯來吞
食它。

大　蟹

大蟹在海中。

傳說中，海中有一種巨大的螃蟹，長度有上千里。

蓬　萊

蓬萊山在海中。

　　傳說中海上三神山之一——蓬萊山在海中。山上的宮殿都是金玉建成的。仙山中所有的鳥獸都通體雪白，遠遠望去，好似一片白雲。

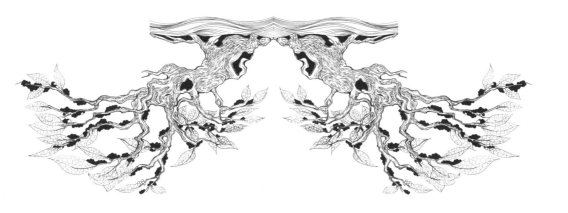

海內東經

雷　神

雷澤中有雷神，龍身而人頭，鼓其腹。在吳西。

雷澤中有一位雷神，他長著龍的身子和人的頭，敲打自己的肚子，就會發出響雷。雷澤和雷神的所在地在吳地的西面。

荒

經

大荒東經

小人國

有小人國，名靖人。

　　有個小人國，那裡的人被稱作靖人。「靖」就是細小的意思，也有的書寫作竫人，據說這些靖人的身高只有九寸。

王　亥

有困民國，勾姓而食。有人曰王亥，兩手操鳥，方
食其頭。王亥托于有易、河伯僕牛。有易殺王亥，
取僕牛。河伯念有易，有易潛出，為國於獸，方食
之，名曰搖民。帝舜生戲，戲生搖民。

　　有一個國家叫困民國，那裡的人姓勾，以黍米為
食物。有個人叫王亥，他是殷商的祖先，現在出土的
甲骨文上還能看到後世商王祭祀這位元先祖的記錄。
他用兩手抓著一隻鳥，正在吃鳥的頭。王亥把一群肥
牛寄養在有易族的君主綿臣和河伯那裡。但綿臣卻把
王亥殺死，強佔了那群肥牛。後來商族的新君上甲微
興師復仇，滅掉了有易的大部分族人。河伯哀念有易
族人，便幫助餘下的有易族人偷偷地逃出來，在野獸
出沒的地方建立國家，他們以野獸為食，這個國家叫
搖民國，也就是之前說的困民國。另一種說法認為帝
舜生了戲，戲的後代就是搖民。

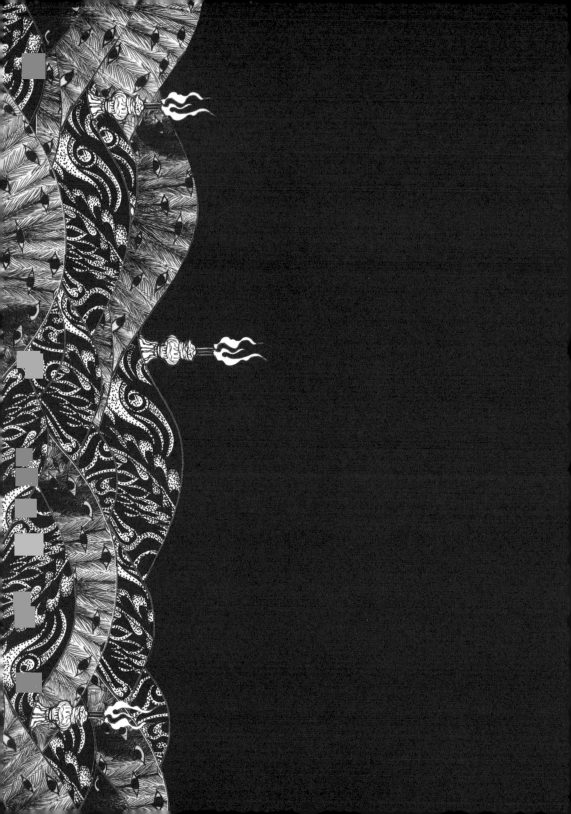

應　龍

　　在大荒的東北角，有一座山名叫凶犁土丘。應龍
就住在這座山的最南端，它是黃帝的神龍，曾經幫助
大禹治水。蛟歷經千年而化為龍，龍經過五百年而化
為角龍，經過千年才能化為應龍。應龍長有翅膀，是
所有龍中最為神異的。因為它殺了神人蚩尤和誇父，
無法再回到天上，而天上因為沒了興雲布雨的應龍，
下界就常常鬧旱災。下界的人們一遇到天旱，就裝扮
成應龍的樣子，或是塑造一個應龍的泥像來求雨，果
然能求得大雨。

夔

東海中有流波山，入海七千里。其上有獸，狀如牛，
蒼身而無角，一足，出入水則必風雨，其光如日月，
其聲如雷，其名曰夔。黃帝得之，以其皮為鼓，橛
以雷獸之骨，聲聞五百里，以威天下。

東海當中有一座流波山，它位於入海七千里的地
方。山上有一種怪獸，形狀像牛，青蒼色的身子卻沒
有犄角，僅有一隻蹄子，當它出入大海時必然會伴隨
著大風大雨，它身上發出的亮光如同日月之光，它吼
叫的聲音如同打雷，這怪獸名叫夔。黃帝得到它，便
用它的皮蒙鼓，再拿雷獸，也就是前面提到的雷神的
骨頭當鼓槌來敲鼓，響聲傳到五百里以外，黃帝以此
威震天下。其他典籍中夔的形象，還有說像龍的，也
有說像猴子的。

大荒南經

跊踼

南海之外，赤水之西，流沙之東，有獸，
左右有首，名曰跊踼。

　　在南海海外，赤水以西，流沙以東，生長著一種
怪獸，左右各有一個腦袋，名叫跊（音觸）踼。它和《海
外西經》中前後兩個頭的並封和《大荒西經》中左右
雙頭的屏蓬同屬一類。

卵　民

有卵民之國，其民皆生卵。

　　有一個國家叫卵民國，這裡的人都是自己產卵，
然後孩子從卵中孵化出來。

羲　和

東南海之外，甘水之間，有羲和之國。

有女子名曰羲和，方浴日於甘淵。

羲和者，帝俊之妻，生十日。

　　在東南海之外，甘水流經的地方，有個羲和國。這裡有一個叫羲和的女子，她是帝俊的妻子，生了十個太陽，此時她正在甘淵中給她的太陽兒子們洗澡。羲和可能是天地初開時的日神，後來堯帝時期設立羲和官，專門負責觀測各地的太陽時刻、制定曆法、規範四時，便是借用了羲和這個日神的稱呼。

大荒西經

不周山

西北海之外，大荒之隅，有山而不合，
名曰不周（負子），有兩黃獸守之。
有水曰寒暑之水。水西有濕山，水東有幕山。
有禹攻共工國山。

　　在西北海以外，大荒的角落裡，有座山因為斷裂
而合不攏，名叫不周山，據說就是共工和祝融爭帝位
失敗後怒撞的那個不周山。有兩頭黃色的怪獸守護著
它。有一條半冷半熱的水流名叫寒暑水。寒暑水的西
面有座濕山，東面有座幕山。還有一座禹攻共工國山，
可能是當年大禹攻伐共工的戰場吧。

女媧之腸

有神十人，名曰女媧之腸，化為神，
處栗廣之野，橫道而處。

　　有十個神人，名叫女媧之腸，他們都是由女媧的
腸子變化成神的。他們住在稱作栗廣的原野上，緊挨
著來往的道路。

女　媧

女媧，古神女而帝者，人面蛇身，一日中七十變。[1]

　　女媧作為上古時期最為知名的女神，也是創世神之一，她最主要的事蹟造人和補天，相信大家耳熟能詳，這裡無須詳述。據說她人面蛇身，一日之內能變化七十次。值得注意的是女媧的地位，一度隨著女性地位的變化而變化。從漢代到南北朝，女媧被學者們稱作是「古之神聖女」、「古神女而帝者」，被列為三皇之一。然而到了唐代，司馬貞作《三皇本紀》開始對女媧變得冷漠，雖然還承認她是三皇之一，但卻盡力地貶低她，說她除了「作笙簧」以外沒有什麼貢獻，而對於造人、補天等事蹟隻字不提。再到後來，越來越多人開始用五德終始說來否定女媧的三皇地位。到了宋明時期，雖然女媧仍被作為古之聖王而列入國家的祀典，可在一些理學們的眼中，她和呂雉、武則天一樣，成了女人過問政治，所謂「婦居尊位」的反面形象代表。

1. 郭璞注文。

日月山 神人 噓

大荒之中，有山名曰日月山，天樞也。
吳姖天門，日月所入。有神，人面無臂，
兩足反屬於頭上，名曰噓。

　　大荒當中有座山名叫日月山，是天的樞紐。這座
山的主峰叫吳姖天門山，是太陽和月亮降落的地方。
有一個神，長著人的臉，可是沒有胳膊，兩隻腳反轉
著架在頭上，名叫噓。有人認為，他就是《海內經》
中的「噎鳴」，是掌管日月星辰行次時間的神。

常　羲

有女子方浴月。帝俊妻常羲，
生月十有二，此始浴之。

　　有個女子正在給月亮洗澡，她是帝俊的另一個妻
子常羲，也叫常儀。她生了十二個月亮，現在才開始
給月亮洗澡。羲和與常羲的這種故事模式，後來被道
教接納。道教傳說，在龍漢祖劫之時，周御王的妻子
紫光夫人生下了九個孩子，即北斗七星和輔、弼二星
（另一說是紫微大帝和天皇大帝），合稱北斗九皇，
紫光夫人也就成為了道教大神之一的斗姥元君。可以
看出，整個故事的模式幾乎是完全一樣的。

大荒北經

九　鳳

大荒之中，有山名曰北極天櫃，海水北注焉。
有神，九首人面鳥身，名曰九鳳。

　　大荒當中，有座山名叫北極天櫃山，海水從北面
灌注到這裡。有一個神，長著九個腦袋，人的面孔，
鳥的身子，名叫九鳳。九頭鳥是楚民族信奉的神鳥，
楚人崇拜九鳳，由此可以看出九頭鳥與楚地淵源密切。
有人以為九鳳即是奇鶬，即是攝人魂魄的姑獲鳥。但
二者樣子並不相同，功用也大異，可能並無關係。

魃

有人衣青衣，名曰黃帝女魃。蚩尤作兵伐黃帝，黃帝
乃令應龍攻之冀州之野。應龍畜水，蚩尤請風伯、雨
師，縱大風雨。黃帝乃下天女曰魃，雨止，遂殺蚩尤。
魃不得複上，所居不雨。叔均言之帝，後置之赤水之
北。叔均乃為田祖。魃時亡之。所欲逐之者，令曰：「神
北行！」先除水道，決通溝瀆。

　　有一個穿著青色衣服的人，名叫黃帝女魃。當初黃帝
和蚩尤相爭的時候，蚩尤製造了多種兵器用來攻擊黃帝，
黃帝便派應龍到冀州的原野去抵禦。應龍積蓄了很多水，
而蚩尤請來風伯和雨師，掀起了一場大風雨，應龍敗退。
於是黃帝就降下名叫魃的天女助戰，據說她又名旱魃，禿
頂，一根頭髮都沒有，很快雨被止住，於是黃帝得以殺死
蚩尤。女魃因神力耗盡而無法再回到天上，她居住的地方
沒有一點雨水。叔均將此事稟報給黃帝，後來黃帝就把女
魃安置在赤水的北面。旱災的危機得以解除，叔均便做了
田神。可女魃並不安分，常常到處逃亡，所到之處都會出
現旱情。要想驅逐她，事先要清除水道，並疏通大小溝渠，
然後向她禱告說：「神啊，請向北去吧！」據說這樣便能
將女魃驅逐，從而求來大雨，旱情自然緩解。

海內經

韓　流

流沙之東，黑水之西，有朝雲之國、司彘之國。
黃帝妻雷祖，生昌意，昌意降處若水，生韓流。
韓流擢首、謹耳、人面、豕喙、麟身、渠股、豚止，
取淖子曰阿女，生帝顓頊。

　　在流沙的東面，黑水的西岸，有朝雲國、司彘國。
黃帝的妻子雷祖，也叫嫘祖，生下昌意。昌意因為犯
錯被貶謫到若水居住，生下韓流。韓流長著長長的腦
袋、小小的耳朵、人的面孔、豬的嘴、麒麟的身子，
羅圈腿，還有一雙豬的蹄子。他娶了淖子族中一個叫
阿女的為妻，生下帝顓頊。

鯀治水

　　洪荒時代，到處是漫天大水。鯀沒有等待天帝下
令，便偷偷拿天帝的息壤（一種可以生長不止、堆土
成堤的神土）用來堵塞洪水。天帝發現後大怒，派祝
融把鯀殺死在羽山的郊野。鯀死了三年，屍體都不腐
爛，禹從鯀的遺體肚腹中生了出來。天帝就命令禹再
去施行土工制住了洪水，最終劃定了九州區域。

高談文化 CULTUSPEAK PUBLISHING CO., LTD | 華滋出版 | 拾筆客 | 九韵文化 | 信實文化 |

追蹤更多書籍分享、活動訊息，請上網搜尋 拾筆客

What's Knowledge

山海經：《怪獸與牠們的產地》東方版

作　　者：孫見坤/注
繪　　者：陳絲雨
封面設計：黃聖文
總 編 輯：許汝紘
編　　輯：黃淑芬
美術編輯：楊玉瑩
總　　監：黃可家
發　　行：許麗雪
出版單位：華滋出版
發行公司：高談文化出版事業有限公司
地　　址：新北市蘆洲區民義街71巷12號1樓
電　　話：+886-2-7733-7668
官方網站：www.cultuspeak.com.tw
客服信箱：service@cultuspeak.com
投稿信箱：news@cultuspeak.com

印　　刷：威鯨科技有限公司
總 經 銷：聯合發行股份有限公司
香港經銷商：香港聯合書刊物流有限公司

2016 年11月初版
2020 年 5 月初版二刷
定價：新台幣 680 元

國家圖書館出版品預行編目（CIP）資料

山海經 / 陳絲雨 繪；孫見坤 注. -- 初版. -- 臺北市
：華滋出版；信實文化行銷, 2016.11
面；公分. -- (What's Knowledge)

ISBN 978-986-93548-3-7(精裝)
1.山海經 2.妖怪 3.研究考訂

857.21　　　　　　　　　　105017224

本書原出版者為：清華大學出版社。中文簡體原書名為《山海經》。
版權代理：中圖公司版權部。本書由清華大學出版社授權信實文化行銷有限公司（後更名為：高談文化出版事業有限公司）在臺灣地區獨家出版發行。

會員獨享
最新書籍搶先看 ／ 專屬的預購優惠 ／ 不定期抽獎活動
Search 拾筆客　　　www.cultuspeak.com